宋仁年◎著

一山未尽一山登

YISHAN WEIJIN

YISHAN DENG

山西出版传媒集团

山西人民出版社

图书在版编目（CIP）数据

一山未尽一山登／宋仁年著. -- 太原：山西人民
出版社，2024. 12
ISBN 978 - 7 - 203 - 13279 - 0

Ⅰ. ①一… Ⅱ. ①宋… Ⅲ. ①诗集—中国—当代
Ⅳ. ①I227

中国国家版本馆 CIP 数据核字（2024）第 056453 号

一山未尽一山登

著　　者：宋仁年
责任编辑：郝文霞
复　　审：刘小玲
终　　审：贺　权
装帧设计：和衷文化

出 版 者：山西出版传媒集团·山西人民出版社
地　　址：太原市建设南路21 号
邮　　编：030012
发行营销：0351 - 4922220　4955996　4956039　4922127（传真）
天猫官网：https：//sxrmcbs. tmall. com　电话：0351 - 4922159
E - mail：sxskcb@163. com　发行部
　　　　　sxskcb@126. com　总编室
网　　址：www. sxskcb. com

经 销 者：山西出版传媒集团·山西人民出版社
承 印 厂：三河市兴博印务有限公司

开　　本：787mm×1092mm　　1/16
印　　张：12. 5
字　　数：200 千字
版　　次：2024 年 12 月 第 1 版
印　　次：2025 年 6 月 第 1 次印刷
书　　号：ISBN 978 - 7 - 203 - 13279 - 0
定　　价：69. 00 元

人生一蓑衣 风雨七十年
——天目湖客的文学创作之路

沈福新

两年前，天目湖客受溧阳市族群文化研究会会长宋小华邀请，从外地回到家乡，负责编辑《族群文化》杂志兼任研究会秘书长工作。我作为研究会的顾问之一，终于有机会与他共事，对他的人生之路和文学创作之路有了更深入的了解。

我知道，天目湖客的人生之路非常奇特曲折，七十年风雨兼程，一辈子历经坎坷。他的一生大起大落，人生屡有波折，事业几经兴衰，但他始终笑对生活。人生一蓑衣，风雨七十年，天目湖客心里始终不忘家乡，不忘文学，不忘与人为善。他阅历丰富，种过田、做过工、教过书、编过报、下过海、办过厂，甚至曾去寺院修行、到监狱采访体验。他见识广博，思想敏锐，视富贵如浮云，把个人及企业财产视为他写作道路上的一种包袱，他三次把自己创办的企业无偿拱手送给同仁，他把自造的六层大楼中的大部分，分送给当地村委会和企业职工。他性格豁达开朗，为人乐善好施，人缘极佳，这为他积累了丰富的素材，为后来的文学创作打下了坚实的生活基础。

天目湖客自一九七六年起，就在溧阳县（今溧阳市）文化局创作组和溧阳文化馆从事文化工作，主编《溧阳文艺》先后达八年之久。一九七八年开始，他在《翠苑》杂志发表处女作中篇小说《豆腐情》，这是除菌子之外，溧阳籍作家首次在正式刊物发表中篇小说。继而又在《作家天地》发表过短篇小说《田园情》，在《青春》杂志发表过散文《莎乐美的爱情》，在贵州《山风》杂志发表过散文《心中飘过思念的云》。此外，他还在《乡土》报和《乡土》杂志发表了十多篇民间文学作品。在溧阳文化馆工作期间，他编辑出版过《溧阳民间故事选》和溧阳文学作品选《春苗》，编印了几十期《溧阳文艺》。他还参加过全国太平天国史学术讨论会和国际食用菌学术会议。他编写的独幕京剧《相亲》曾在江苏省文艺会演中为我县首次获得戏曲创作奖，他也因此被省文化厅（今文化和旅游厅）推荐参加江苏省首届中青年剧作家读书班。他在二十世纪七十年代的溧阳文化界，开创了许多首次和第一。他担任编剧的《人心不足蛇吞象》，荣获全国"长江杯"优秀作品奖；他创作的大型喜剧《玉芝缘》，获得常州市戏剧文学提名奖；他的诗歌作品《忆菌子》，获得中华"诗圣杯"实力奖。

天目湖客曾在二十世纪七十年代参加过江苏省作家协会、戏剧家协会、民间艺术家协会、文艺家协会等多个文艺组织，他一人而能成为多个省级协会会员，这在当时的江苏文艺界也是很少见的。收录了他创作的几十部戏曲、影视作品的近六十万字的专著《宋仁年戏曲影视作品选》，由中国戏剧出版社出版发行。

据笔者所知，天目湖客的写作以小说和剧本为主。他以前并没有发表过任何诗词作品，文学界的朋友和读者都不知道天目湖客还喜欢写诗，或者说还会写诗。

笔者在采访他时，才知道他经过十多年的积累，竟创作了两千余首诗歌，题材包括爱情诗、哲理诗、写景抒情诗、咏物言志诗、即事感怀诗、怀古咏史诗、民歌小调、抗日歌曲等。体裁包括阶梯诗、歌行体诗、乐府诗、格律诗等。

我们知道，一个人的时间和精力是有限的，很难面面俱到。通常来说，写诗的专注于诗歌，写小说的专注于小说，这样比较容易出成果；倘若一个人要全面开展文学、曲艺、历史及新闻的写作，它们各有不同的艺术特点和技巧方法，其难度不知有多大！下面是我采访他时的实录，且听他如何回答。我问道："像你这样涉猎广泛，是许多人做不到的，你是怎么做到的？"

他沉思了片刻说："是被逼出来的。"

他说："文学创作是我的爱好，对各类不同的文体，我早有涉及。因为我做过编辑，看稿的过程其实也是学习的过程，所以对各类文体有所了解，有所实践。那时省、市、县常搞群众文艺会演，没人编排节目，怎么办？领导就把任务压到我身上。每个节目又不能一个样式，所以戏剧、相声、小品、歌舞、表演唱甚至对口词、快板书、三句半等都得写，有时甚至是一边写一边排，一边改一边排。记得参加镇江地区文艺会演时，溧阳一台戏两个小时十三个节目，我一个人就写了九个。"

他停顿了片刻继续说道："这也许得益于我学习编剧比较早，二十多岁就成为剧目创作工作室的专业创作人员，并争取到了许多培训、观摩学习的机会，得到过许多名师名家的指点和帮助。戏曲是门综合性艺术，它集诗歌、散文、故事、小说、音乐、美术、舞蹈、武术、书法、杂技、说唱等艺术于一体，作为一名编剧，必须对它们各自的艺术特点和演出形式有所了解和掌握。可以说，在实践中打下的诸多方面的基础，成为我写好戏剧和曲艺作品的保障。"

我又问他："我们都知道你能写，却很少看到你发表的作品，这是为什么？"

他笑道："我初次投稿发表作品时，还是在二十世纪七十年代中后期。那时全国的热血青年都热衷于文学创作，千军万马都挤这座独木桥，由于刊物很少，发表作品很难，所以发表的作品屈指可数，有些发表在外地的刊物上，本地人也看不到。当年和我同时起步的一些文学青年，后来大都成了大作家和大名人。到了二十世纪八十年代初，正当我在创作上应该有较大发展时，却因工作需要被调出文化系统，到科委去创办《溧阳科技报》，此后就不再进行文学创作了。一九八八年我又被调到外省工作，参与创办中国食用菌技术开发有限公司，与文学创作就离得更远了。中间有二十五年左右没有再写作和投稿，直到二〇〇八年之后，我在南京师范大学中文系的老同学、国家一级作家葛安荣的劝说和催促之下，才下定决心放下企业，回归写作。每天夜里三点半起床，在上班前完成一篇文稿，至今已坚持了十余年，这几千篇文章就是这么写成的。"

我问道："那你原来写的文稿有多少呢?"

他沉思了一会儿说："发表过和没发表过的各类文稿有两三百篇，近百万字，主要是小说、散文、故事和戏曲，也有部分文史资料。那时候没电脑，也不能电子存档，都找不到了。后来虽然恢复了写作，却从不向任何报刊投稿。不像年轻时那么争强好胜了，名利心已经很淡了。现在我只把写作当成一种爱好自娱自乐，没有年轻时那种强烈的发表欲了。二〇一〇年以后，有同事看到我写的文稿，觉得很是惊奇，便帮我投给《翠苑》《洮湖》《天目湖》等文学杂志，先后发表过中篇小说《卖蟹》，短篇小说《骗子爷的故事》《先生的糗事儿》，以及散文《姑父》《踏腌菜》《理发》等。近年来在《溧阳时报》和《天目湖》杂志上也陆续发表过几篇文章和一个剧本《紫砂情》。"

他顿了顿又说道："最近因为闪了腰，不便出门活动，独自一人躺在床上，百无聊赖，为了打发日子，便在手机上搜索出几个诗歌网站，投了几十首诗歌作品，有些是直接在手机上编写后发过去的，没想到全被采用了。当然，我知道我写的所谓诗词，有许多在格律上并不合乎规矩，有的甚至韵都没押上。我只是觉得这种类似于打油诗的创作方便快捷，能及时记录心中稍纵即逝的感受，便乐此不疲。"

我真诚地对天目湖客说："宋老师，你不但是我们溧阳的骄傲，也是江苏的骄傲。你当年在溧阳工作时，每年都举办文艺创作培训班，为溧阳培养了一大批人才，许多人至今都无比感念你，常在我面前提起你对大家的帮助、对溧阳文化事业的贡献。"

……

我与天目湖客交往的故事还有许多许多，篇幅所限，不再赘言。

是为序。

作者简介

沈福新，中共溧阳市委原常委、宣传部部长，溧阳市人大常委会副主任，溧阳市文联名誉主席，溧阳市作家协会名誉主席，溧阳市民间艺术家协会名誉主席。著有哲理散文《思有所悟》等作品。

自序诗三首

思　语

凌乱的思语，
散入生活的梦中。
被偶然拾起，
剪辑成
一本薄薄的书，那
难以忘却的乡情！

乡　情

为将蓝图开，勇闯千重关。
年少因她去，年迈为她来。
当年离乡去，一别五十载。
如今鬓发衰，七旬方复归。
游子心中碑，海枯石不烂。
梦里见因果，半世又轮回。
近乡情更怯，故地难忘怀。
纵然天地老，此心犹可待。

心　语

我心似萤火，
难比炳烛光。
但愿微星闪，
能照夜行人。

目　录

一　咏史怀古篇

春日回乡，故地重游 / 03

咏六安 / 05

瓜洲问渡 / 06

读史感怀 / 07

祭屈原 / 08

祭屈子 / 08

垓下古战场感怀 / 09

读《史贻直评传》 / 09

叹汉献帝刘协 / 10

二　山海同契篇

访南山 / 13

你是月亮，我是星 / 14

迟来的诗书 / 14

胡　琴 / 15

赠友人 / 17

忆菡子 / 18

访宋小华先生 / 20

赠宋公兆林先生九旬寿诗 / 21

访曹山赠别徐志坚 / 22

观无锡锡剧院新作《繁漪》/ 22

寻　觅（歌词）/ 23

相　遇（歌词）/ 24

醉酒诗 / 25

池边观赤莲 / 26

请你原谅，我的初恋知己 / 27

荷乡宴组诗 / 30

　　喜　遇 / 30

　　忘　返 / 30

　　宴　归 / 30

　　重　约 / 30

　　晨　眺 / 31

银杏树下的回忆 / 31

脚步声 / 33

遐想曲 / 34

　　忆 / 34

　　寻 / 34

　　思 / 34

　　念 / 34

　　梦 / 34

　　期 / 35

　　归 / 35

　　来 / 35

六月小荷 / 35

青蝉泪 / 36

牵　手 / 37

问　花 / 39

寄远人 / 40

赠学友老强先生 / 40

怕老婆歌 / 40

三 名优特产篇

咏曼生壶 / 43

题碧螺春 / 44

与六雨茶主人胡坦畏等游茅山 / 44

阳羡雪芽 / 45

采 茶 / 46

春日携友游天目湖嘉丰茶庄 / 46

赞醒竹绿茶 / 47

咏碧螺春 / 47

天目湖天红茶 / 48

田家山天目湖红茶 / 48

兄弟品新茶 / 49

对 饮 / 49

蹭茶诗 / 49

茶痴自题 / 50

团城小筑品茗 / 50

晨 饮 / 50

品岳西翠兰 / 51

感念武汉张姐少华惠赠红茶 / 51

茶楼品茶 / 51

信阳茶街访茶友 / 52

赞信阳毛尖 / 52

品六安瓜片 / 52

独品池州茶 / 53

雨夜品茶 / 53

冬日与洪明等友人相聚田家山茶场 / 54

致天目清客 / 54

工夫茶 / 55

饮黄山毛峰 / 55

太平猴魁茶 / 55

自 嘲 / 56

南山访农家 / 56

天目云露白茶 / 56

咏天目云露茶 / 57

女儿宋歌和诗 / 57

溧阳地名物产回文戏咏 / 58

咏溧阳梅岭玉 / 59

华胥昆仑梅岭玉 / 59

阳山水蜜桃组诗 / 59

　春蕾桃 / 59

　春花桃 / 60

　晖雨露 / 60

　雨花露 / 60

　银花露 / 60

　白凤桃 / 60

　朝晖桃 / 60

　湖景蜜露 / 61

　阳山蜜露 / 61

　白花桃 / 61

　迎庆桃 / 61

古井醉饮 / 61

赞灵芝孢子粉 / 62

咏盱眙龙虾组诗 / 63

　挥戈劈金涛 / 63

　五湖四海任我行 / 63

　成了盘中馐 / 63

　千人龙虾宴 / 63

昨至相石路 / 64

夜半行车到沙湖 / 64

赴蟹市送货 / 64

蟹城行 / 65

夜返沙家浜 / 66

甜　黍 / 66

题福贞酒 / 67

自制姜汁蟹醋 / 67

常州特产萝卜干 / 69

四　诗酒酬唱篇

谢顾浩先生惠赠"洁流清源"墨宝 / 73

南钱山庄宴唐行方将军 / 73

访友王小锡 / 74

致友黎烈南 / 75

读黎烈南评王安石《见鹦鹉戏作四句》有感 / 75

赠友黎烈南 / 76

赠玄谷子道人 / 76

致挚友真金似火 / 77

火金兄来梅巷 / 77

悠哉楼小聚 / 78

赴友寿宴诗 / 78

天香阁小聚 / 79

方里访友 / 79

流光叹 / 79

谢诸友端午惠赠角棕 / 80

夜宴百花苑 / 80

酬溧阳杨兆龙表弟 / 80

赠晓明弟 / 81

赠友仁 / 82

感徐晓明惠赠焦溪蜜梨 / 82

赴溧阳与友相聚 / 82

六月十八赴友荣海宴 / 83

重　逢 / 83

宴别同窗发小 / 84

奥阳楼赴宴 / 84

赴溧州同庆楼韩潮伟友宴 / 85

重阳宴宜兴诸友 / 85

携洪俊友至东都拜望恩师郑其春 / 86

银星楼宴友 / 86

赴古渎访旧友 / 87

谢乡里人家庄主刘忠清友 / 87

坐忘南山 / 88

宿南山竹海温泉酒店 / 88

家常菜馆宴友 / 88

长虹蟹舫夜宴 / 89

夜宿蓓茗山庄 / 89

为湖中七六届初中毕业班题照 / 90

五　族群寺庙篇

祭　祖 / 93

题溧阳虞氏淳化阁帖 / 93

读李瑞明《清明祭》/ 93

清明祭祖 / 94

禅行路上读弘一 / 94

谒常州大林禅寺 / 96

晨访大林禅寺 / 97

谒大林寺听百岁法师讲经 / 98

常州怀古 / 98

大林寺方丈楼饮茶 / 99

茶禅一味 / 100

白龙观 / 100

横山怀古 / 101

雪中大林寺 / 101

常州咏古 / 102

　横山桥 / 102

　月夜大林寺 / 102

大林禅院 / 102

雪里横山 / 103

　　咏　雪 / 103

　　煮　茶 / 103

放生池 / 103

重回大林禅寺 / 104

　　寻　访 / 104

　　探　径 / 104

　　登　塔 / 104

　　法　界 / 104

　　祈　祷 / 104

百鸟拜佛 / 105

横山桥访友 / 105

大林寺赏蜡梅 / 106

大林寺听静海长老讲《地藏菩萨本愿经》/ 106

应宋仁年先生之邀游横山 / 107

　　大林寺 / 107

　　白龙观 / 107

　　百花苑 / 107

大林寺赏桂 / 107

贺大林寺九层法界大楼落成 / 108

题大林寺 / 108

秋月夜 / 109

咏横山一壶泉 / 109

登大林寺 / 109

夜宿横山 / 110

佛说，你不必恐惧 / 110

游常州大林寺 / 111

横山大林寺 / 112

大林寺秋日访友 / 112

横山醉吟 / 113

目
录
◆

秋日宿横山 / 113

大林寺法界楼 / 114

谒大林寺瞻观世音菩萨宝相 / 114

访大林寺达胜方丈 / 115

题芳茂山寺 / 115

游瓦屋山宝藏禅寺 / 116

寻访云谷寺 / 117

坐　禅 / 118

与费志远等友人访白龙观孔道长 / 118

福寿庵 / 119

清明前携友人雨中重游千华寺旧址 / 119

赠飞来寺智善法师 / 120

中元节荡口古镇谒关帝庙 / 121

无想寺问僧 / 121

遇　园 / 122

无想山远望 / 122

六　素履丈川篇

伍员山怀古 / 125

溧阳咏 / 126

清明长假游溧阳 / 127

春醉江南 / 128

游蛀竹棵村 / 128

夏日登南山游竹海 / 128

过胥渚怀溪桥 / 129

竹海鸡鸣 / 129

天目山踏青 / 129

醉仙台抒怀 / 130

夜雨离愁 / 131

春日携友人游天目湖嘉丰山庄 / 131

仙山寻梦 / 131

秋游仙山村 / 132

团城夜景 / 132

燕湖灯会 / 132

中江月 / 133

醉江南 / 133

如东吟 / 133

题焦溪古村 / 134

咏常州古迹 / 134

常州大运河 / 134

状元第 / 134

常州府学 / 135

文成坝 / 135

叙舟亭 / 135

红梅阁 / 135

夜宿崔桥 / 135

秋日泛舟太湖 / 136

春节重游姑苏城 / 136

虎丘剑池 / 137

枫桥夜宿晨眺 / 137

大阳山杂咏 / 138

舍身崖 / 138

吴之镇 / 138

箭阙峰 / 138

半山亭 / 138

题六和塔 / 139

清明谒岳坟 / 139

夜宿西湖 / 140

重回江心洲大桥偶感 / 140

九江口怀古战场 / 140

夜登天池拜月台 / 141

题庐山仙人洞 / 141

夜宿牯岭 / 141

访庐山白鹿洞书院 / 142

寻访茅山书院 / 142

金寨行 / 143

大别山夜行 / 143

钟山怀古 / 144

重回清凉山 / 144

午夜过南京四桥 / 145

霸王潭 / 145

游东湖 / 146

雾舟行 / 146

洮湖晨雾 / 147

春日雨中偕友人泛舟长荡湖 / 147

访焦山 / 147

访延陵 / 148

春游梅园 / 148

春日携友游贵池杏花村 / 148

咏无锡 / 149

西海观日出 / 149

博海感怀 / 149

问道明道宫 / 150

立夏歌 / 150

立夏观荠菜花 / 151

油菜花 / 151

冬 雪 / 152

读"江郎才尽"故事感怀 / 152

秋 凉 / 153

赞天河三号 / 153

茭山月 / 153

梦回扬州 / 154

自扬州至金山寺 / 154

夜宿胥渚村 / 155

咏　竹 / 155

游凤凰公园 / 156

曹山行 / 157

天目湖观太公垂钓石像 / 158

遇园观梅 / 158

七　戏曲文化篇

看锡剧《江姐》/ 161

重看锡剧《珍珠塔》/ 161

重阳赴两友人生日宴 / 162

贺无锡戏迷协会办公室乔迁之喜 / 162

赴常州横山文体中心观名票名角演唱会 / 163

贺无锡锡剧院新排《孟丽君》首场演出圆满成功 / 163

贺无锡戏迷协会赴上海参加"百姓舞台"

摄制专场演出圆满成功 / 164

悼汪韵芝 / 164

看无锡戏迷协会演员排戏 / 165

听梅兰珍清唱《鉴湖女侠》/ 165

贺锡剧表演艺术家李桂英喜收新徒 / 166

秋日携戏友游溧阳竹海 / 167

京口访友 / 167

致香君戏迷群 / 168

记南京溧阳文友联谊会 / 168

贺李桂英应邀赴陕西卫视演出成功 / 169

参加读书会有感 / 169

孟母缝衣诗 / 170

访帅钱惠荣 / 170

冬日咏雪 / 171

贺岁诗 / 171

咏杨梅 / 171

咏　醋 / 172

芒　种 / 172

窗外黄瓜挂满藤 / 172

重回南师有感 / 173

迎春灯会 / 173

除夕守岁 / 174

山居迎春 / 174

夜　饮 / 175

观汤洪泉水墨画作有感 / 175

寻　春 / 175

胡杨颂 / 176

醉　翁 / 176

西太湖观花展 / 176

何日回家 / 177

重阳感怀 / 177

咏　菊 / 178

贺《苏华报》创刊 / 178

一

咏史怀古篇

春日回乡，故地重游

将进酒，回故邑，吴山青翠长湖碧。

故地一别五十载，旧貌新颜已不识。

混沌天地盘古开，神州大地分八坼。

伏羲《驾辩》制神曲，女娲炼石补天阙。

先人结罟忙渔猎，钻木取火将绳结。

王母岘中瑶池在，垒石为门开巢室。

古来华胥东方起，华夏大地初立国。

台州弇州在其域，昆仑都城在故邑。

天地轮回有规律，万年轮回冰河释。

四海潮涨地倾覆，海内昆仑波中没。

大禹治水存遗址，良渚文化留古迹。

华胥兴衰去复来，天地洪荒宇宙力。

古人避害四下走，文明之火屡燃灭。

黄帝蚩尤竞天下，天地云水风雷激。

濑阳名传春秋地，刀耕火种神墩埂。

欧冶铸剑留遗址，子胥东奔逃吴国。

樵夫贞女行侠义，郢都鞭尸将愤泄。

白发将军践血誓，伍员山巅将祠立。

为报民女舍命恩，投金濑祭贞女节。

李白张旭《饮美酒》，长歌引吭诗碑帖。

侠义之风天下传，世代相继气不息。

始皇一统建霸业，华夏千秋炳史册。

溧阳县郡秦始建，即令天下皆失色。

县治方圆三千里，溧水高淳在其域。

东南门户钟毓秀，历代兵家争不休。

岳飞抗金捷报传，巾帼英雄擂鼓急。

赵淮城头死不降，跳江就义两妻妾。

驱虏逐倭御外寇，文韬武略出人杰。

吴越楚界三国地，屡有壮士擎义帜。

铁军东进到江南，洪流滚滚由此出。

塘马英烈丧敌胆，江南烽火马蹄疾。

江山社稷有难时，总有疆场驰健儿。

援朝跨过鸭绿江，五千将士出吾邑。

乡邑自古多英才，保家卫国彰忠烈。

前仆后继如浪涌，惊天动地鬼神泣。

故邑地处苏浙皖，群山绵延接天日。

中江水月载舟下，溧水胥溪漕河汇。

一泻万里入东海，三吴千帆出云日。

自古溧州为枢纽，苏浙沪皖船梭织。

人称江南"小上海"，舟载船运夜不歇。

皖山诸县稻米丰，吴中汇聚濑渚邑。

三省之地农商茂，由此分流到市集。

游罢三湖两溪地，且听仙乐品美食。

吴语锡韵春风醉，我为溧阳歌一曲。

天目湖乡画中游，鸡鸣山顶唤红日。

青山石坝飞云瀑，曹山慢城车流急。

宝藏梵林佛音传，千年禅寺飞来石。

观山巅上仁虎出，龙池窟中蛟龙栖。

白龙救母孝义重，涪峰波跳鱼拜佛。

曼生壶铭十八式，羽茶飘香茶叶节。

仙山窑群山中藏，焦尾琴音今不绝。

孟郊慈母播春晖，射鸭堂榭湖里设。

游子一吟天下闻，梅岭遗宝生玉石。

獐鸡野鸭草丛飞，百里长湖蒹葭密。

荡长水宽出奇珍，玉龙青虾和黄雀。

南山绵延竹海幽，白虎啸舍冰莲赤。

乌米煮饭香飘远，砂锅鱼头味道绝。

雁来蕈生菇中珍，江南名产世所稀。

毛尖花红棠下瓜，芹菜冬笋和板栗。

蟹黄馒头鸭脚面，馋杀多少尊贵客。
山清水秀物产丰，江南明珠名遐迩。
太白楼吟猛虎行，诗仙草圣共一室。
红泉书屋留佳话，状元阁里藏真迹。
彩虹之路云天遥，美丽乡村遍全域。
一卷淳化书刻石，引来多少天涯客。
茶香水甘人更美，长寿名传联合国。
天目湖畔筑雅舍，优美舒适宜人居。
山地新筑未来城，休闲胜地景胜昔。
欲览天下山和水，先回江南访古邑。
游子归来将进酒，乡情绵绵难停笔。

咏六安

古来金裕落尘寰，圣贤治郡六地祥。
寿春名郢随都迁，汉帝置郡名六安。
皖西雄关屏东南，大山耸立鄂豫皖。
江淮枢纽黄金地，汉水扬子流其间。
六地平安名闻久，岗墩石器古邑长。
皋陶辅君舜和禹，立法制礼重典章。
功高位列四圣中，赢得千秋万代传。
叔敖治水灌桑田，商尊周鼎舒六方。
汉墓双墩光璀璨，名郢古都史辉煌。
八公山上论王道，著书立说炼金丹。
淠史杭畔古渡在，双塔耸立话沧桑。
钟灵毓秀国都地，文兴礼盛几废衰。
蜀中风雅鸿烈传，鞭辟符谶力遒强。
周郎雄姿几英发，羽扇纶巾破樯橹。
太子东土研经藏，大华石修云峰间。

寿州塔吟望东坡，芍陂赋诗号半山。
状元帝师创兰畴，喻氏兄弟精疗马。
季布一诺贵千金，洪武谕恩报玉泉。
振武立人驱倭虏，光慈素园写华章。
立夏惊雷井冈起，旌旗猎猎号角响。
六霍横戈旌旗扬，十万工农赴国难。
大别山麓硝烟起，八月桂花遍地香。
抗日北上长征路，英雄儿女三十万。
将军拔剑六安动，千古英名皋城扬。
而今山水美如画，佛子岭坝铁脊梁。
七河汇流潽史杭，六珠镶嵌在皖山。
万壑千峰白云尖，云水变幻天堂寨。
奇松怪石隐沧海，安丰万佛变花园。
南峰横岭如仙境，北都寿春名海外。
壕墙立旗天地新，六霍金岳舒新颜。
风物淳善庶六安，民风朴厚诚礼让。
我今重来游旧地，寻友访古咏六安。

瓜洲问渡

来寻江洲途，眼望处：
长桥凌空，碧波东去。
千年古渡舟楫无，
眼前巨轮横渡。
想当年，
绿玉红梁，
镇大江金山击鼓。
战金兵，
一洗中原辱。

多少代，
频回顾。

千年烟云风吹去。
叹两岸，
南徐京口，
维扬江都。
兵戈四起总无数，
谁知黎民疾苦？
夜梦中，
波涛翻涌，
多少英烈魂魄怒！
风雨骤，
何处云天路？
瓜洲渡，
问今古。

读史感怀

国破家亡山河碎，七尺男儿在何方？
休言巾帼非英雄，侠女风尘忠烈彰。
赵氏跳江骂金贼，香君血溅桃花扇。
尚湖长忆柳家女，纵身一跃须眉惭！

祭屈原

端午今又至，千家裹黍香。
竞舟驱鱼鳖，悬蒲饮雄黄。
怀沙臣抱恨，哀郢水苍茫。
犹存正则魄，世代佑炎黄。

祭屈子

纵身一跃，
你掀起千年波澜，
至今未息！

汨罗江，
万顷长流的泪波，
思无尽头，
恨及天涯！

垓下古战场感怀

身临垓下古战场，耳边犹闻杀声响。
始皇伟业如城倒，项刘争霸民遭殃。
八千江东子弟兵，百战威名家未还。
金戈铁马驰骋处，大风起兮云飞扬！
四面楚歌惊魂魄，十面埋伏震八荒。
虞姬自刎别霸王，项郎豪气盖河山。
千胜一负功垂成，常使后人扼腕叹。
纵然身死亦鬼雄，知耻无颜过江东。

注：垓下古战场俗称霸王遗址，现叫霸王城，位于安徽省灵璧县城东南沱河北岸的韦集镇垓下村一带，史称"垓下"。公元前202年，楚汉相争于此，刘邦的汉军一举击溃项羽的楚军。这次战役规模空前，在中国和世界战争史上影响深远，被史学家们称为"东方滑铁卢"。宋代女词人李清照有"至今思项羽，不肯过江东"之诗句，今日来游，有此感怀。

读《史贻直评传》

顺天乡试登桂榜，文渊剑气淬华章。
会试拂去迷诟雾，终使宝气耀珠光。
严父律己恕人语，满怀清气立庙堂。
一家四世五翰林，三朝元老事君王。

一

咏史怀古篇

◆

叹汉献帝刘协

皇室兴衰总有因，群雄争霸帝位轻。
狼烟兵戈四下起，江山社稷血雨淋。
孺子即位幼为君，长令诸侯挟天行。
八方烽火遍地炽，城头变幻天子旌。
献帝禅位出洛城，被迫成为山阳公。
放下前世帝王梦，才知今生不知民。
薄赋减徭百姓敬，治病救人施善行。
从此与民同甘苦，反为春秋崇古今。

二

山海同契篇

访南山

问君舟车几时回？
窗前花溪不语。
恨冤家一去无消息，
秋雁早南归，
春燕晚不至。
山盟海誓音讯杳，
泪暗洒，
眼望穿！

梦里山后重相约，
醒来冷月如霜。
可叹只闻吠声远，
迢遥隔山水，
惆怅思无涯。
盼尔仙槎早回还，
御风至，
共良宵！

注：山村秀美，空守寂寞。房舍接云，惜无人居。溪前流水低回，屋后青竹滴泪。却似怨妇挽髻，倚楼远望，凝神哀叹：何日君归来，庭院笑语喧。

你是月亮，我是星

在深邃的夜空，
我愿永远陪伴着你。
遥望着你
明亮而飘忽的身影，
倾听你碎银般的叹息！
千万年，
隔空相望，
真心相守。
你是月亮，
我是星！
深爱着你，
却保持着
亘古不变的距离。

迟来的诗书

南来故友捎旧书，灯下打开日已迟。
鸿雁南归隔数载，柳毅传书不知时。
月老贪酒醉不醒，今日才递红叶诗。
金玉良缘梦成空，泪痕点点寄相思。

胡 琴

秋后的柳树下，
有一座水泥砌成的坟冢。
那里面，
长卧着他
心爱的女人。
一个年近百岁的老人，
正盘腿坐在草地上，
操着那把
陪伴了他一生的胡琴。
在树下泣诉和回忆
他一生的岁月。

那一年，
十八岁的她，
曾在这里静静地
听他拉着
《二泉映月》，
还有《梁祝》。
她的名字，
就叫胡琴。

今天，
他特地前来，
要为她再拉一曲
她百听不厌的
《二泉映月》。
那优美的琴音，

如泣如诉。
在他的眼前，
依稀闪现出一个可爱的姑娘，
正双手托腮，
静静地听他深情地演奏。
那跳跃的音符，
那幽怨的琴音，
在她听来，
是那样的美妙！
让她刻骨铭心。
这是他们
一生中最幸福的时刻。

后来，
女人因为难产，
带着他们的孩子
去了天国。
今天是他们的结婚纪念日，
每年的今天，
他都会来到她的坟前
再给她演奏一曲《良宵》。
他知道，
她一定在静静地聆听。

突然，
一根琴弦断了，
胡琴再也发不出美妙的声音。
那剩下的空弦，
再也奏不出
完整的乐章。
他陷入沉思，
一言不发，
呆呆地坐在坟前。
直到冰裂的蟒纹间

渗出琥珀色的菌群。

太阳就要落山了，
他慢慢站起身，
将断了弦的胡琴
挂在柳树枝上，
默默转身离去。
从此以后，
他再也没来过。
他正蹒跚
行走在去往天国的路上。
他心爱的胡琴，
正在那里等着
他的到来。

赠友人

一泓春水情，十里绕团城。
只因五岭远，月老不牵绳。
长将思君心，化作天边云。
梦萦千百回，不肯离古镇。

忆菡子

当年少小把家离，投笔从戎穿征衣。
抗日东进浴战火，战地服务淋弹雨。
援朝跨过鸭绿江，上甘岭上仅此女。
目睹英雄堵枪眼，奋笔挥泪谱新曲。
春燕归国成孤雁，泪眼难看两地书。
十万相思与火焚，百年恩爱挥刀去。
赤心报国侠义在，曾被彭总夸女杰。
战地英雄立新传，曾被总理恭让座。
深入农村做调查，曾随主席赴三地。
六日连发六文稿，惊得上下频称奇。
沙场征战如木兰，开国元勋皆为友。
访贫问苦下基层，平易近人接地气。
赤帜高擎引路旗，移山铁臂破云基。
也曾梅山修水库，也曾推车在工地。
也曾访民坐炕头，也曾稼穑在皖豫。
山南山北都踏遍，湖东湖西皆熟悉。
常住乡野农舍家，童心不泯事事奇。
常为山间春风暖，兴奋不已填新词。
池畔清泉濯双足，树阴藏身写新书。
妙笔生花织锦绣，铁肩道义文章著。
从不与人争功绩，从不为己谋私利。
笔耕不辍为楷模，爱国爱乡情依依。
百年人生坦荡荡，一世磊落严律己。
当年有幸陪伴你，沙河大溪度暑期。
耳提面命亲传教，润物无声如春雨。
爱如拳拳慈母心，谆谆教诲难忘记。
一片苦心护新苗，遮风挡雨防雷击。

文坛学步您搀扶，常邀名家勤指点。

梨园学耕您挽犁，灯下阅稿频寄语。

文章词义常斟酌，良语诤言记心里。

习作见刊您欣喜，剧作上演您鼓励。

学文当先学爱民，做人自应先律己。

当年稚步进文苑，费您多少神和思。

也曾沪上泰安路，陪君整理所藏书。

也曾天目镜湖中，碧水泛舟观涟漪。

也曾高静庭屋前，持扇纳凉话水西。

也曾村头访古邑，听君漫忆人生事。

也曾东西干渠中，戴笠束巾同捉鱼。

也曾洮湖登涪山，寻砖觅瓦访古寺。

也曾陪同诸前贤，天目击水洗征衣。

巾帼豪情贯长虹，坎坷人生志不移。

几番风雨几多歌，几回梦乡几多思。

我离故地廿多载，天涯漂泊终无期。

归来不见君颜慈，肝肠寸断痛心扉。

今日清明忆恩师，泪泪泪流祭菡子。

注：一九八一年夏天，我在溧阳县（今溧阳市）文化局创作组、溧阳县（今溧阳市）文化馆文艺组工作，时居高静园内，主编《溧阳文艺》，与菡子老师时有交往。同年夏天，菡子老师与江苏省领导惠浴宇、包厚昌，地区副专员周利人、老县长蒋万象等新四军老同志在沙河、大溪聚会度夏，上级指定我一人全程陪同二十七天，自此建立师生深情。

访宋小华先生

携友濑江行，登天看摩云。

弹指一挥间，屈指五十临。

泓水洗旧痕，丰碑立古亭。

岁月匆匆去，沧海变桑林。

楼台花中隐，溧州成美郡。

科技创新路，无数血汗凝。

当年宏愿景，今朝伟业兴。

古邑天下闻，钟灵千载荣。

苏华誉日升，乡贤播美名。

我今回故土，喜逢发小亲。

回首话往事，重忆少年情。

更期苏华人，楼高更一层。

注：二〇一八年六月二十八日上午，与乡友赴苏华集团拜访董事长宋小华先生。我于一九七一年至一九七三年九月曾在集团前身泓口建筑站工作近三年时间，后去南京师大中文系读书，至今已逾四十五载。近日返乡，看到家乡巨变，村民安康，备感亲切欣慰。真诚感谢苏华人为建设家乡作出的巨大贡献。

赠宋公兆林先生九旬寿诗

豪气凌霄壮志行，曾呼耀邦为师尊。
年少满怀报国情，只身践行到孔镇。
穷乡渔村舟帆隐，为民疾呼四下奔。
返乡回望濑溪云，复将汗水溉农耕。
山间访贫泪泉涌，农舍竟无瓢碗盆。
百村问苦到户庭，千家送爱暖人心。
宋公一生明大义，以身作则贵躬行。
胥泓至今万人颂，言君品高德望重。
力排众议办新企，电厂一搏功告成。
科技统战聚众心，爱才尊贤惜如珍。
匡鼎论经心自宽，建言献策生态城。
青丝退尽白发生，老骥伏枥志尚存。
历经风雨品高洁，众口皆碑风气正。
公有德馨感万民，史当有文载尔勋。
宋璟后人世代殊，芳草古道绝烟尘。
闻君九旬华诞临，遥祝寿翁满堂春。

注：宋公兆林，参加革命后曾任共青团镇江地委青年部部长，后在中央团校工作学习，毕业后任溧水孔镇，溧阳泓口、戴南等公社党委书记，区委书记，市委统战部部长、科委主任、市政协副主席等公职，公一生清廉自律，勤政为民，公而忘私，永葆革命本色。为乡邑贤能，众口皆碑，人称有先祖宋璟遗风。

访曹山赠别徐志坚

晨起访挚友，晚风送归舟。

相逢总恨迟，临别更觉忧。

他日解金龟，与君斗美酒。

夜半对月饮，沉醉不肯休。

注：二〇二二年五月携同窗诸友访曹山文博苑徐志坚先生，作诗以记之。

观无锡锡剧院新作《繁漪》

在新与旧之间，

挣扎着

你这个不幸的女人。

一颗美丽

而又强悍的心，

却被紧锁在世俗的牢笼，

无法挣脱。

他在死亡的魅影中

拼命逃逸！

你在爱情的癔症中

走向毁灭！

一个人的命运，

承载着

两代人的屈辱！

在爱情的诱惑下，
你在绝望中
飞蛾扑火，
欺骗自己！
爱上的是
最不该爱的人；
追寻的是
本不属于你的情。
你用最无奈、
最残酷的方法，
与这个社会
进行抗争。
你吞下铜锁孔里的月光，
在雷雨声中反刍磷火！

寻　觅

（歌词）

清风把你的身影，
吹送进万花丛中。
从此我变成蜜蜂，
在花丛寻觅芳踪。

春雨把你的歌声，
飘洒到碧波潭中。
为此我不顾一切，
纵身跳入湖中。

月亮将你的清辉，
洒落到我的窗前。
从此我数着嘀嘀嗒嗒的钟声，

把每个夜晚压缩成透明的蛹。

我愿意穷尽一生，
寻觅你一抹芳痕。
我愿用生命之光，
照见你的影子在墙根返青。

相　遇

（歌词）

两小无猜我和你，
同桌坐，在一起。
手拉手儿上学去，
结下了，情和意。

梦里不知多少回，
我和你，捉蝴蝶。
青青河畔去玩耍，
泼水花，湿衣裳。

后来长大去上学，
一见面，脸绯红。
心里早已有了你，
相见时，却无语。

那年毕业两分离，
我上山，你下乡。
从此一直无消息，
不知你，在哪里？

相思果儿甜又涩，
常想你，在梦里。
望穿秋水不见君，
长相思，终无期。

昨天故乡小路上，
蓦然间，遇到你。
造化弄人可奈何，
人无缘，天有意。

人生转了一个圈，
惊发现，在原地。
退休之后又相聚，
空嗟叹，岁月迟。

人生仿佛是驿站，
你来了，他离去。
此生岁月空惆怅，
辜负我，辜负你。

醉酒诗

酒醉方把相思抛，谁知酒醒他又到。
月缺花落独伤怀，何处筑得燕雀巢？
老夫聊发少年狂，一念之间失红袍。
痴心谱下千年调，何夜等来红烛烧？

池边观赤莲

溪水映赤莲，
　清风拂倩影，
波动摇出影无数！
惹得柳丝心中妒：
　搔首又弄姿，
　蛮腰扭柔肢，
欲下莲池来比试。
坡上南瓜脸儿黄，
池边菱花眼珠白，
长豆腹中气鼓鼓！
　藤上吊丝瓜，
　秧上嫩茄子，
个个脸儿拉得长，
分明心中都不服，
　不愿来目睹！

江草映长亭，
　水中曲廊桥。
夜空星月明，
　静观浑无语。
偏那蛙声阵阵起：
　长调换短词，
　昼夜不停息！
树上蝉儿齐声叫：
知了知了知道了！
都只怪清风太多情，
　溪水有深意，

才使赤莲姐姐的美丰姿,
普天之下无人不知!

请你原谅,我的初恋知己

请你原谅我,
我的初恋情人,
人生知己。
原谅我当年的任性,
和那莫名的轻率,
以及少不更事的懵懂无知。
也许那年,
我悄然离你而去,
有太多的无奈和自卑。
还有你
处处透露出的清高和傲气,
使我们一次次,
在人生的旅途中
失之交臂。
明明彼此心有灵犀,
却都不肯戳破那层
薄薄的窗户纸。
明明日思夜想,
却又不敢回眸对视。
宁愿在深夜
躲在被窝里偷偷哭泣,
不肯在遇见时
当面向你认错道歉。
一次次,
在生活中错失了你。

我不断地欺骗自己。
放不下可怜的自尊，
导致我们
最后的分离。
虽然心有哀怨，
却口无恶语。
岁月如水，悄然逝去，
却在心中留下了
最美好的回忆。
我想，如果那时有手机多好，
我们不但可以互诉衷肠，
说出那些当面不敢说的痴言痴语，
而且可以发个视频，
大声对你说：
我爱你。
那句滚烫的话语，
一直在我的喉咙里
来来回回，
徘徊了几十年。
可我每次面对你时，
却总是说不出口。
怕人听见笑话，
更怕你因为误解而生我的气，
从此之后，不再理我。
直到今天，我才知道，
我一生犯下的最大错误，
就是不敢向你当面表白。
不敢吐露暗恋你的情愫，
更不敢独自一人
上门去找你。
总是在你时常经过的地方徘徊，
希望能够与你不期而遇。
你曾用清澈的双眸，
向我诉说心中的深情。

我知道，你的心里早已有我。
是我的羞涩、胆怯、轻率和无知，
是你的清高、矜持、骄傲和犹疑，
　　使我们一次次擦肩而过。
　　将此生最纯洁的心曲，
　　最真诚的情，最痴狂的爱，
　　　都付之东流。
　　　最终伤害了我，
　　　　也伤害了你。
　　现在，站在我面前的你，
　　　　是如此平静。
　　　这短暂的人生，
　　　已经到了黄昏；
　　　这无言的结局，
　　　已被时间浇铸。
　　　　是我的错失，
　　导致你今生的不幸；
　　　　是你的错失，
　　留给我一生的意难平。
　如今，我真想再穿越到
　　　半个世纪之前，
　　让一切从头开始，
　让你我能够再次相遇。
　　　　倘能如此，
　　　我会加倍地爱你，
　　弥补我心中的亏欠。
　　　我想让你拥有
　　你应该得到的欢愉。
　可是，一切都已太迟。
我只能在心里默默地对你说：
　　　尽管初心仍在，
　　　只望余生保重。
　　　如果真有来世，
　　你我定要珍惜。

请让沙漏破碎前，
完成一次完整的偏移。
请让蒲公英在倒春寒里，
重播花期。

荷乡宴组诗

喜　遇

濑渚遇青梅，高洁人如玉。
砚池画莲叶，庭院栽斑竹。
少小恨别离，老大嗟岁月。
携手到荷乡，同饮醉忘归。

忘　返

相遇在荷乡，朋呼友相唤。
酒醇千杯少，情重话语长。
月高人不知，池畔醉蛙唱。
夜半弦声高，宾客不忍散。

宴　归

红袖添香浓，吟诗醉酒风。
归来桑梓远，不知居西东。

重　约

旧友喜相逢，醉饮画楼中。
执手不肯别，相约荷乡东。

晨 眺

长湖朝霞升，映红波千顷。
荷乡钟鼓鸣，水中鱼儿惊。

银杏树下的回忆

这里曾经是
一个很大的院子。
院子里有一棵
很高很高的银杏树。
听老人们说，
它已历经上千年的岁月。
银杏树后面，
有一排古老的小屋。
里面住着
他心爱的姑娘。
小时候，
他们在银杏树下，
跳着牛皮筋，
唱着儿歌。
童年时的欢声笑语，
仿佛还在
他耳边回响。
到后来，
他们上学了。
红领巾在风中飞舞；
歌声和读书声穿过银杏树叶，
飞向云霄。

每当她的身影从树下闪过，

他的心中，

犹如飞来一朵

美丽的云霞。

再后来，

他参了军。

去了一个遥远的地方，

带走了无尽的思念，

留下了一生的遗憾。

也许她

至今仍不知道，

有一个人，

曾那样深情地

暗恋着她。

每次回乡，

他都会一个人来到这个大院，

将掉落的果子

轻轻捡起。

仿佛捡起儿时记忆中

一颗颗珍贵的珠子。

将它们

小心翼翼地串起，挂在心里。

古稀之年，

他再次回乡。

又来到这棵古老的银杏树下。

遥望，凝思，

回味，遐想。

追忆那

早已逝去的岁月，

无比美好的童年。

怀念那

纯真的少年时代，
梦里欢乐的时光。
他不知道，
那朵青春的花儿，
到后来，
落在谁家；
如今她，
是否安康。

脚步声

你无可奈何地
投下哀怨的一瞥，
便悄然转身离去。
你的身影，
渐行渐远。
你的足音，
由重变轻。
你渐渐消失在我的视线之外，
我的心，
却被你拴上了一根细绳。
你离去的每一步，
都扯着我的心，
越远越紧，
越紧越疼！

遐想曲

忆

三江汇聚团城流，难洗今生梦中愁。
漫忆往昔生别离，且待来生共白头。

寻

明眸清辉笑含情，秋水一顾摄吾心。
寻遍山村无踪影，悠悠往事如烟云。

思

今夜归来登高楼，妹倚绮窗心怀忧。
缥缈烟雨灯下舞，点点清泪枕上流。

念

夜雨敲窗思念苦，自古痴情总辜负。
终是通宵泣新词，红笺泪染不成书。

梦

夜读诗书忆华年，谢君伴我走天涯。
几番风雨人已老，醒后空庭月已斜。

期

彻夜难眠起五更，对窗独坐待天明。
心期来日清风至，云苑飞来织女星。

归

斜风细雨归来日，深巷漫步觅君家。
不见窗前灯火现，方知咫尺是天涯。

来

呼朋唤友诗酒茶，东邻西舍是谁家？
久别重逢缘匪浅，漫将清欢散作霞。

六月小荷

六月的池塘里，
雨过天晴的清晨，
一片蛙声，突然响起。
你悄然而立，
露出一张
粉红色的小脸。
你好奇地四下张望，
见我到来，
你粉脸含春，
半是娇羞，半是欢喜。
忽而低眉垂眼，
忽而把头昂起。

二 山海同契篇 ◆

— 35 —

我轻声说：

小荷，我惊诧于你的美丽！

祝你幸福！

你绿色的衣裙

随风而动，

翩翩起舞，

迎送着

我的到来和归去。

我感动不已！

我恋恋不舍！

我想再望你一眼，

蓦然回首，

却惊奇不已！

你那粉红的脸颊上，

为何挂满了

晶莹的泪珠？

是不是你也不愿

与我别离？

是不是怕我忘却

你的美丽？

青蝉泪

霓裳羽衣随风去，

青蝉女，心太骄，

与友情断在小桥。

痴心总不改，

昼夜独悲号。

怎奈红谢绿已瘦，

草微黄，叶渐凋，

夏渐去，秋将到。
梦中哽咽声不歇，
梦醒方知日已高。
　　直哭得，
知了知了知道了，
　　肠断魂魄销。

离愁未随浮云散，
心凄苦，情未了，
转眼中秋月又皎！
　　冉冉霜降至，
　　冰雪寒似刀，
且自沉寂栖旧巢。
思炎夏，恨匆匆，
叹岁月，不静好。
多情自古空余恨，
难与君栖绿荫巢。
且待来年熏风暖，
　　破茧重生后，
　　相伴度良宵。

牵　手

　　小时候，
我们在果树下面，
　　手牵着手，
寻找刚从树上
掉落下来的杏子。
　你用衣角袖管，
擦去沾在果上的泥巴，

将它塞进我的口里，
还问我：甜不甜？
后来，
我们手牵着手，
一起去上学，
度过了十二年同窗岁月。
当我们
被迫分开时，
我从你
眼角的泪水中，
读到了
你的依依不舍！
六年后，
我们又双双回到城里，
合作开了个小店。
那张长长的工作台板，
后来，
成为我们的婚床。
现在，
五十多年过去了，
我们佝偻着身子，
手拉着手，
天天在公园里溜达。
在长长的石凳上，
坐着休息和聊天。
你总是一遍遍地问我：
老头子，
我们还能牵手多久？
我笑着说：
你看这太阳月亮，
天天落下又升起，
永远不会停歇。
我们走过了这辈子，
还有下辈子呢！

你那干瘪的嘴巴，
立刻笑成一朵花，
脸上还现出两朵红霞。
像个小姑娘一般开心的你，
紧紧抓住我的胳膊，
像抓住了一个小偷，
怎么也不肯放手！
你在我的耳边悄悄说：
来世你还得娶我，
不准你牵别人的手！
我点点头：
我知道，你放心！
我们来世依旧互为时钟，
在彼此的年轮里刻下爱的密码。

问 花

花在何处？
问花在哪住。
若有人知花落处，
溪畔寻花独步。

春来芳华谁知？
路边问询村女。
久寻不闻花香，
知花又遭风雨。

寄远人

年少相悦两心知，长大前程各东西。
我在西北霜满头，君在东南泪频雨。
倦鸟比翼不同飞，春花不落连理枝。
有心无缘终惘然，人间最苦是相思。

赠学友老强先生

一离老婆浑身胆，友前自夸英雄汉。
忽闻手机一声唤，慌忙弃友回家转。

怕老婆歌

怕你伤心怕你哭，怕你生气不理我。
怕你生病怕你累，怕你对我白眼多。

三

名优特产篇

咏曼生壶

子恭曼生壶，
世惊殊。
莹莹润润，
恰香茗注。
两山对峙三湖地，
孕育贤达无数。
慨胥溪，
渔隐夹谷，
竟藏匿一代宗师，
致艺坛新开十八式。
紫砂魂，
壶中住。

曼生彭年珠璧联，
横空出，
紫胜金炼，
砂超玉琢。
一壶天下谁超越？
至今空前绝后。
令后辈，
望尘莫及。
造型奇特书画妙，
金石刻文奇刀绝。
陶圣知，
喜而泣！

题碧螺春

洞庭东山峰峦翠，山茶野树悬半空。

太湖浩渺雨露润，东海日出朝霞红。

色翠颜绿似碧玉，体蜷身弯如螺峰。

香气浓郁回味久，帝赐雅名碧螺春。

注：前日在友人处饮茶，友人奉上新茶碧螺春，戏言"赋诗一首，方得带走"，于是搜肠刮肚，口占几句，方抱得"美人"归来。

碧螺春茶产于碧螺峰，当地人又名"吓煞人"香茶。相传清朝年间，乾隆南巡，溧阳人宋荦从当地茶工朱正元处购得此茶进贡，帝饮之龙颜大悦，因其"吓煞人"之名不雅，乃以其形其地，赐名"碧螺春"，自此成为历代贡茶。

与六雨茶主人胡坦畏等游茅山

携友上茅山，寻仙访道真。

秦汉神仙地，梁唐宰相村。

山中多隐贤，丹墀少能臣。

泰伯三让位，息事宁帝争。

翳王帝不称，治病为救人。

远如官不就，淡泊弃功名。

都云上清地，山深远帝京。

谁知世间事，超然难出尘。

帝召承祯至，挥手赐宝琴。

贞一和玄静，希微及洞真。

原本山中居，谢恩接皇封。
清静道教寺，帝敕绶玉印。
官道成一统，功名锁乾坤。
风波富奢起，劫难名利争。
白鹤去不返，书院惜不存。
山寺几兴废，盛衰随国运。
都云茅山君，求签问卦灵。
又云诸菩萨，顾远不顾近。
但见香火盛，善男信女诚。
待我骑青牛，问道上天庭。

阳羡雪芽

三月江南雪未残，村女山中觅新芽。
采得紫笋朵凝血，焙出阳羡雪芽茶。
茶山驿道京骑急，千里贡茶到京华。
天子百官忙试茗，三宫六院纷纷夸。

采　茶

三月三，
村女踏雪采新茶。
采新茶，
血凝紫笋，
炭焙新芽。

驿路累毙几匹马，
昼夜兼程贡新茶。
贡新茶，
香溢金銮，
泪洒天下。

春日携友游天目湖嘉丰茶庄

携友寻春踏青来，姹紫嫣红花相催。
深芥茅舍闻犬吠，环湖蹊径水萦回。
翠竹悄然涧边迎，廊桥空廓独自归。
九雅品茗赏新芽，误读几处桃李梅。

赞醒竹绿茶

春风唤醒竹，竹醒枝发芽。
芽发何物名？名物醒竹茶。
茶竹初独芽，芽独味色绝。
绝色新叶嫩，嫩叶黄条绿。
绿条宽叶厚，厚叶光照足。
足照云谷底，底谷有温差。
差温赖广地，地广矿物奢。
奢物布山满，满山皆好茶。
茶好手艺工，工艺世代绝。
绝代茶香浓，浓香世人夸。
夸此清茶爽，爽茶名醒竹。
竹醒山茶美，美茶甲天下。

注：醒竹茶，为广西邵平名茶。

咏碧螺春

峭立湖中称螺峰，
碧树弯似弯。
霓裳娇影锁深宫，
云雾重。

多姿凭尔舞春风，
玉叶细蜷，
状如螺容，
"吓煞人"香浓。

天目湖天红茶

茶女撷新芽，归来月照林。
白叶如纯玉，制成长寿茗。
小院对坐饮，天红茶香醇。
洗却人间尘，涤尽繁芜情。

注：天目湖天红茶，系天目湖嘉丰茶庄有限公司一村一品国际研讨会金奖产品。

田家山天目湖红茶

昔有祁门王子茶，香浓形秀誉中华。
滇红乌龙大红袍，千年传承人人夸。
而今天目出奇工，竟将白茶制红茶。
世博园中飘香久，国礼宴用第一家。

注：溧阳田家山天目湖白茶、红茶，相继走进上海世博会、人民大会堂，品质超卓，享誉海外，供不应求，一茶难得，乃业界奇迹。

兄弟品新茶

兄弟相聚品新茶，碧水绿芽醉流霞。
涤尽人生繁芜事，忘却春晚节目佳。

注：吾兄仁昆，苏州大学教授，本科就读于中国人民大学哲学系，研究生就读于
上海社科院哲学所，系哲学、经济学领域知名学者，博士生导师。嗜茶，兄弟相聚，
喝茶论道，相谈甚欢，常常因此忘却诸多琐事和烦忧。

对　饮

昨夜庭院飞雪花，老翁晨晓煮香茶。
一壶青瓷藏玉液，兄弟对饮在客家。

蹭茶诗

春来兄台出书斋，云山雾海访农家。
雕鞍细车上天台，太平猴魁撷新芽。
雀舌毛峰沽几许，旅尘未洗忙试茶。
香韵不忘与弟赏，临行再赠猴魁茶。

注：胞兄仁昆，系苏州大学教授，博士生导师。近日携子文浩自黄山采茶归来，
知我痴迷于茶，约我去品茶。我如期赴约，抱得明前毛峰、猴魁各一斤，欣然而归，
老汉不虚此行也。

三　名优特产篇　◆

茶痴自题

一壶佳茗，两友对饮。
三杯入口，四肢轻灵。
五脏通泰，六腑齐鸣。
七星聚顶，八面风临。
久坐论道，实至名归。

团城小筑品茗

团城营小筑，闻香下车马。
红莲池中开，灯笼廊檐挂。
亭榭颇幽静，闲坐品香茶。
此生风雨路，一壶洗尘埃。

晨　饮

晨起煮新茶，独喜碧螺春。
水中叶轻舞，佳茗似佳人。

品岳西翠兰

今日安庆品香茶，清香宜人若兰花。
人称佳茗似佳人，我云佳人不及它。
一缕幽香壶中出，万种风情谁能夸。
啜罢佳茗余香存，难忘岳西翠兰茶。

感念武汉张姐少华惠赠红茶

阳春三月初焙茶，楚女持篓摘新芽。
芳茗随笺传千里，静心香溢兰陵家。
为使清泉壶中流，且将红叶喂紫砂。
斗室生辉香四溢，忘却微博谢少华。

茶楼品茶

一街茶楼多，两友店堂坐。
三地茶客会，四海茗香歌。
五湖煮流水，六安赏翠色。
七星伴明月，八方植嘉禾。
久饮杯中物，日日神仙做。

三　名优特产篇　◆

信阳茶街访茶友

我今来旧地，访友觅故知。
品茗谈古今，饮茶论世事。
俗客慕雅趣，逸士说痴语。
三杯香茗醉，日暮归去迟。

赞信阳毛尖

细圆挺直多白毫，香浓味醇汤色好。
生津止渴君为最，信阳毛尖品自高。

品六安瓜片

齐云分内外，香茗畅客怀。
一杯山泉水，清芬扑面来。

注：三月上旬至六安访友，山农特置内山齐云、六安瓜片新茶款待，饮后齿舌生香，回味悠长，久难忘怀。六安瓜片为大别山特产，全国十大名茶之一，名不虚传。

独品池州茶

昨抵池州城，来访杏花村。
诸友皆斗酒，我独喜佳茗。
佳茗出何处？南山肖坑村。
四周山峰陡，终年云雾深。
条索绿泛黄，白毫显其身。
香气浓而郁，汤色醪且醇。
兰花伴茶栽，幽香随茶生。
酒宴喧声闹，饮茶心自静。

雨夜品茶

陈君惠赠溧阳茶，白羽片片似春花。
闲来慢煮清溪水，同酌春雨品新芽。

注：溧阳白茶，新芽白羽，溪水沏之，于杯中上下翻飞，若花舞之状，令人赏心悦目。屋外风雨骤至，我自悠然品茗，怡然自乐。陈君，溧阳市文联主席陈芳梅。

冬日与洪明等友人相聚田家山茶场

嘉木水边生，春来发新芽。
制成国宴茶，香飘至天涯。
今日友相会，村庄访田家。
绵绵挚友情，浓浓一杯茶。

致天目清客

新年伊始回故乡，兄弟相逢田家山。
清客共月相伴坐，满室清辉茶飘香。
酒逢知己千杯少，茶遇同道一壶长。
静心凝神品佳茗，荡气回肠赋诗章。

注：新年伊始（二〇一四年一月九日），应新浪博友天目清客（许东平）、共月（黄洪明）、赵建新等乡友邀请，赴天目湖田家山茶场品茶叙谊，谨以此诗记之。

工夫茶

白鹤沐浴先洁身，观音入宫细听音。
悬壶高冲香气爽，面带春风拂浮云。
关公巡城四门过，韩信点兵若有声。
汤色赏鉴诸客雅，甘霖品啜是仙人。

注：工夫茶是中国传统茶文化的一种独特的表现方式，也是一种重要的沟通方式和社交仪式，通常包括洁器、投茶、冲泡、吹沫、分茶、注杯、鉴色、品饮等八道茶艺程序。

饮黄山毛峰

黄山毛峰出高岗，形似雀舌显锋芒。
新茶绽枝芽似笋，白毫披身叶肥壮。
绿叶似针水中悬，雾气凝顶鱼叶黄。
色香味醇汤色浓，清澈明亮气高爽。

太平猴魁茶

我来太平觅猴魁，好似织女会牛郎。
奇峰怪石无心恋，云海温泉无意访。
梦幻仙境目不顾，湖光山色等闲看。

茶客天涯到仙乡，只思猴魁带露妆。

自　嘲

夜半醒来人不寐，三更苦思到鸡鸣。
披衣伏案灯下坐，闲敲键盘如捉萤。
一杯在手啜新茗，几缕香气飘流云。
为使博苑续新韵，呕心沥血到天明。

南山访农家

与友南山访农舍，竹海清泉满山崖。
村姑不知青莲癖，不沽美酒沏新茶。
汤清色绿形似笋，香气高爽独一家。
相约来年清明时，汲水煮茗试新芽。

天目云露白茶

物候未到三月三，千里快递到京华。
一盒云露万朵芽，制成江南第一茶。
香韵缕缕上天庭，神仙飘飘悄下凡。
众友饮罢喟然叹，瑶池何似茶农家。

咏天目云露茶

似云似露亦似雨，绿叶飘飞水中聚。
此木应是瑶池物，怎来三湖两溪地？
醇厚清亮荡浊气，非龙非麝香可比。
一杯天目云露茶，万缕乡思壶中注。

注：吾远离故邑，已近卅载。偶遇乡友葛公志远之孙葛联敏伉俪，慨赠自制天目云雾明前新茶。其茶一芽一叶，碧玉显毫，绿叶翠芽水中翻飞，宛若仙女之舞。此茶香气高爽，饮时满室飘香，友人皆惊呼：真乃好茶！咸谓此茶乃茶中极品！诸友临走时，将吾所余三盒天目云雾茶一卷而空，大笑遁去！

吾年迈体衰，遇此强盗朋友，逐之不及，怒斥三人真土匪转世也！然三日不至，又招之呼之，夸耀老汉又有新茗初到，快来品新茶。

女儿宋歌和诗

疑自瑶池绛珠眉，神瑛下凡应无悔。
晓立枝头戏兰指，佼伏壶底步波微。
沾露袅袅碧天来，吞津脉脉滋味回。
应是水北天工物，醉倒不知何人为。

注：女儿回家，见吾案头小诗，随手留下和诗一首，吾欣然抄录于此。

名
优
特
产
篇
◆

溧阳地名物产回文戏咏

黄山湖山黄，仁虎峰虎仁。

中郎蔡郎中，读书台书读。

前峰山峰前，文姬女姬文。

焦尾琴尾焦，青桐木桐青。

中江水江中，贞义女义贞。

史崇庙崇史，文昌阁昌文。

宝藏寺藏宝，道明僧明道。

游子吟子游，慈母心母慈。

仙人山人仙，醉仙石仙醉。

翠谷庄谷翠，清溪河溪清。

青峰山峰青，云岫峰岫云。

西城桥城西，双桥墩桥双。

南安桥安南，北固桥固北。

横涧镇涧横，深溪涧溪深。

清水塘水清，平桥镇桥平。

旧县城县旧，新庄村庄新。

小山头山小，大石山石大。

长荡湖荡长，埝口荡口埝。

破圩里圩破，冷饭圩饭冷。

乌米饭米乌，白壳虾壳白。

黄雀鸟雀黄，花红果红花。

幽香茶香幽，翠柏茶柏翠。

归得园得归，古道巷道古。

永世县世永，兴中吴中兴。

注：以上均为溧阳轶事、地名、物产。"永世"曾为古县名，"中吴"指隶属中吴地区。

咏溧阳梅岭玉

包衣裹石谁识君，万世深藏不露形。
一朝魂出梅岭路，日月失色天地惊。

华胥昆仑梅岭玉

混沌天地盘古开，万年华胥立海内。
钻木取火结网罟，《驾辩》神曲传天籁。
八卦岁月由来远，昆仑山上筑蓬莱。
伏羲采来五彩泥，女娲炼石登玉台。

阳山水蜜桃组诗

春蕾桃

果顶尖尖似卵形，乳黄底色抹红晕。
五月春蕾阳山绽，果实熟来天下惊。

春花桃

君是春桃名春花，风送九州第一家。
春色染得脸绯红，远眺疑桃又似花。

晖雨露

朝雨孕育晖雨露，云崖撷得玉浆传。
色泽红润赛玫瑰，果肉乳白味甘甜。

雨花露

谷雨催来雨花露，香浓味甜肉似乳。
浓妆淡抹娇容秀，六月十六离母树。

银花露

一条浅线如山凹，檀口轻含琥珀消。
汁多味甜香气浓，银花露美是山桃。

白凤桃

香甜味浓身材好，白凤堪称美娇娘。
千呼万唤不现身，七巧之时方登场。

朝晖桃

朝晖仙胎晕粉丸，果顶圆平腹缝浅。
绿衣褪去黄衫出，英姿屡现蟠桃宴。

湖景蜜露

桃中也有胖娃娃，横看竟比竖看长。
若是人间有此女，待字闺中急煞娘。

阳山蜜露

紫红藏在近核处，桃中数尔最大度。
蜜露之名虽不俗，尝后方知非过誉。

白花桃

八月中旬方下山，果肉致密果味甜。
快递迢遥千万里，耐贮耐藏运输忙。

迎庆桃

八月中秋佳节到，唯我迎庆是寿桃。
麻姑携我上天庭，喜煞众仙笑弯腰。

古井醉饮

古井摇杯捉月影，谪仙唾落化繁星。
秋风带香入梦来，一夜轻拂吹酒醒。

注：昨夜与友人在酒都安徽古井镇夜宴大醉，今晨醒后记之。

赞灵芝孢子粉

灵芝孢子粉，神奇出深山。
段木接菌种，赤芝产仙丹。
身微六百目，弹射飞空间。
孢壁怀珠胎，甘油聚中央。
微量元素多，富含有机锗。
宁心又安神，止血是灵丹。
化瘀且散结，消炎把毒解。
抗癌有奇效，益寿又延年。
因含甘露醇，利尿腹水排。
双向可调节，功效不一般。
有病可治病，无病把身健。
常服身如燕，健身又养颜。
内服治多病，外敷可疗伤。
千年在人间，治病不畏难。
民间称仙草，瑶池属神丹。
解我民众苦，疗我国民殇。
保我中华宝，护我中草药。

咏盱眙龙虾组诗

挥戈劈金涛

挥戈劈金涛，红锦披战袍。
看我百万兵，持螯向天啸。

五湖四海任我行

金甲红袍披上身，举戟挥戈向天伸。
千军万马啸水城，五湖四海任我行。

成了盘中馐

昨日水中狂，今日盘中餐。
谁知个中味，珍馐十三香。

千人龙虾宴

为办龙虾宴，万人聚广场。
厨师汗如雨，食客乐近狂。
啤酒成箱喝，龙虾肆意啖。
盱眙龙虾节，吃出大市场。
国内数第一，世界亦无双。
当年小山城，如今名远扬。

昨至相石路

昨至相石路，沿湖访蟹亭。
车船泊湖边，四望人如织。
水边花木艳，湖中围网深。
远眺水连天，近看鸟成群。
今日阳澄湖，水天共一色。
人在画中游，心与天地通。

夜半行车到沙湖

风送秋意透骨凉，身着夏衣难御寒。
数颗寒星伴孤月，一把弯刀挂天边。
夜半行车到沙湖，落叶飘飘百花残。
天目路灯照黄叶，蓓茗山庄客已散。

赴蟹市送货

月上树梢秋已寒，夜半子时入城关。
每逢金风萧萧起，百里送货到蟹场。
人困哈欠声声长，更无兴致看西潭。
为避交规免罚款，总至三更方始还。

蟹城行

巴城不是城，昆山一集镇。
十月秋风劲，闸蟹齐上阵。
酒家蟹宴兴，蟹楼多如林。
吴楚醋飘香，珍馐飨众生。
夜来灯光影，波动摇舫亭。
湖畔蟹庄多，镇上蟹市猛。
南来北往客，穿梭摩肩行。
车辆如流星，喇叭声连声。
商家装箱忙，都往机场运。
大小礼品盒，游客手中拎。
蟹市十里长，门前车如云。
再看商铺内，别有一番景。
蟹池两侧建，大小隔仓分。
礼盒堆满架，泡沫箱成阵。
池中增氧泵，水泡冒不停。
商铺千百间，每天万人临。
市场销售量，日日千百吨。
如今大闸蟹，五洲四海行。
环湖兴蟹市，古镇焕新春。
巴城不是镇，如今是蟹城。

夜返沙家浜

昨日冒风雨，夜返沙家浜。
同伴歌声高，湖畔蟹市忙。
灯红高楼耸，波动游船晃。
车下高速路，忽遇郭建光。
戎装挥手臂，立在路牌上。
前面芦苇荡，就是沙家浜。

注：昨晚从常熟沙家浜仓储中心驱车前往太湖南部七都庙港送货，回程途中风雨交加，至阳澄湖镇方住。夜间行至沙家浜高速出口处不远，见路边立一广告牌，上绘郭建光用手指路画面："前面就是沙家浜！"不禁哑然失笑："指导员，这路我比你还熟呐！"

甜黍

友人馈芦黍，节节甜如蔗。
儿时村头种，晨昏约伴取。
严父打光腚，祖母护幼犊：
汝幼嘴更馋，撒泼闹又哭。
从此吃甜黍，不再惧严父。

题福贞酒

相知相识恨太晚，甘醇绵柔心喜欢。
吴楚有缘遇福贞，不离不弃百年长。

　注：昨日常熟友人刘建华、周菊夫妇惠赠六箱常熟历史名酒福贞黄酒，包装精美，品质纯正，入口绵甜。据相关资料介绍，确系优质原粮糯米精酿，为十年陈酿酒，富含二十六种人体所需的氨基酸，常饮有益健康。众友试饮后交口称赞："果然名不虚传。"故作诗以记之。

自制姜汁蟹醋

冬天吃萝卜，夏日喝姜汁。
姜汁由姜出，人人都知晓。
开门七件事，姜醋不可缺。
姜醋有何用？好处听我说。
古人誉新姜，肌如美人色。
芽尖淡淡红，恰如指甲赤。
能御百邪侵，驱寒解湿毒。
温中止呕吐，化痰止喘咳。
肢冷脉息弱，姜能通经络。
吐泻崩漏痛，浊上多经血，
体冷湿气重，脾胃虚寒湿，
姜汁来服用，湿寒尽消失。
出门坐车船，头晕呕不息，

喝点姜汁茶，你就不用急。
姜多维生素，富含钙磷铁。
辛辣芳香味，大家都爱吃。
若论最爱姜，要数孔夫子。
一日三餐饭，生姜不能离。
饭菜有姜味，增强人食欲。
杀菌能消毒，菜肴更可口。
炖焖煨炒煮，味鲜等不及。
如今更方便，榨取生姜汁。
不怕姜放久，发霉变颜色。
家中备一瓶，随手可取用。
饮食加一点，效果更独特。
蟹鱼鳝虾鳖，更是少不得。
家有食用醋，姜汁加几滴。
若无糖尿病，可加糖或蜜。
调成蟹宴醋，方便又快捷。
浓淡自己定，多少自取舍。
既无防腐剂，又无致癌物。
安全又放心，有机高品质。
倘若用不完，冲水当茶喝。
蟹醋自己做，省钱不用说。
细心算一算，惊得眼镜跌！
从此调蟹醋，自己榨姜汁。

常州特产萝卜干

刚至常州不识它，
近在咫尺不知它。
朋友来电要买它，
开车四下去找它。
打包装盒寄走它，
隔三岔五又要它。
致使老汉疑问它，
为何大家都爱它？
偷偷留下一盒它，
同事亲友都抢它。
偶然兴起尝尝它，
香气扑鼻难忘它。
又脆又甜众夸它，
从此不敢小觑它。
一日三餐不离它，
请你猜它是什么。

四

诗酒酬唱篇

谢顾浩先生惠赠"洁流清源"墨宝

金陵一别四十春，至今仍是梦中人。
怀旧曾作师大赋，思友总是入梦频。
文苑心存笔耕志，仕途慎独不为名。
与君相期共清源，洁流更思涤精神。

注：江苏省委原副书记、省文联主席顾浩先生惠赠"洁流清源"墨宝并赠《尧天旋律》一书，谨以此诗谢之。

南钱山庄宴唐行方将军

客从京来访友朋，南钱山庄叙旧谊。
戎装岁月天日远，战友情重山不移。
保华季红置盛宴，酒酣意稠忆当时。
人生路上多过客，行久方知谁知己。

注：天日湖畔南钱山庄周保华、史季红夫妇，于二〇二〇年十月三十一日晚宴请老首长唐行方将军，特邀王家富老市长及余等作陪。深感老战友肝胆相照，特作小诗以记之。

四 诗酒酬唱篇 ◆

访友王小锡

为访小锡友，闻讯直奔宁。

分离数十载，音容仍在心。

当年同窗时，曾比桃园亲。

共读论诗文，闲赋抒豪情。

故邑系同窗，相伴到金陵。

吾为乡情牵，回乡务雕虫。

尔留南师园，数载展翅腾。

孜孜功业成，学界负盛名。

今日闻我至，驱车回家迎。

相见恨太晚，品茗说古今。

殷殷赤诚语，句句暖我心。

仗义兄弟情，珍贵值万金。

注：五月十八日，余知悉老友王小锡自日本讲学已归南京，特驱车前往金陵会友。至宁后，方知他正在南师大仙林校园授课，约我赶赴他府上会面。双方如约而至，旧友相遇，分外高兴。自江苏省溧阳中学高中毕业至今，屈指已有四十六载矣！

王小锡，南京师范大学教授、博士生导师、公共管理学院院长、三江学院党委副书记，享受国务院特殊津贴的知名专家，中国伦理学会副会长，中国经济伦理学会会长。

致友黎烈南

当年相逢缘深，
今日再见情重。
纵然一别白发生，
始终不变初心。

感君厚德昭人，
令友万里来寻。
岁月流逝五十载，
归来依旧青春。

注：黎烈南，首都师范大学文学院教授，作者挚友。

读黎烈南评王安石《见鹦鹉戏作四句》有感

昨日笼中鸟，今朝振翅飞。
争得逍遥游，日受风雪摧。

赠友黎烈南

与兄性相近，不敢比二苏。
千里难谋面，常将心事诉。
此生幸遇君，岁月不虚度。
耳聆身受益，笔谈心畅舒。
博海虽无舟，网上信有途。

赠玄谷子道人

君在长兴临水宫，野迹行踪影似风。
八都岕中太乙观，金泉古杏竹柏松。
阴阳之学纳五内，骑牛布道四方中。
我今偶遇玄谷子，学识仙容谁与同?

注：玄谷子，浙江省湖州市长兴县道教协会会长，临水宫住持。

致挚友真金似火

生死心相通，悲喜情相融。
春秋两相知，寒暑感受同。
山河共浴辉，岁月齐感恩。
桃园小聚后，知君义薄云。

火金兄来梅巷

闻听挚友黄火金，今日乘车来访寻。
一夜辗转不能眠，眼前浮现昔日景。
天色未晓鸡未鸣，起身汲水煮佳茗。
买鱼买虾沽美酒，静待友人醉三樽。
当年同窗三兄弟，小锡仁年与火金。
东西南北各一方，四十六载少音讯。
上月金陵访小锡，嘱我寻找黄火金。
而今忽闻同窗到，喜极而泣泪满襟。

注：昔日与我同在江苏省溧阳中学高中就读的黄火金，原在松岭煤矿工作，偶然从同学处获知我的信息，昨晚从溧阳上兴赶到常州，住了一夜，今晨五点起床，六点乘车，前后转车三四次，八点前赶到崔桥梅巷路我的办公室看我，行程近两百多里，使我分外惊喜，深为感动，作诗以记之。

悠哉楼小聚

昨日回古郡，相聚在平陵。
同窗皆白首，故友多霜鬓。
濑水团城圆，溧州抱溪清。
登高远望处，眼前灯火明。
太白隐树丛，苍茫不见云。
夜幕如天罩，晚风拂衣襟。
八载旧居地，往昔成浮云。
中江载月去，波摇满天星。
悠哉岁月逝，邑友情更浓。
举杯酬国松，新朋有友殷。
酒酣济洪伴，谈笑信谊诚。
桃花流水转，宗亲是正兴。

注：昨晚应好友之邀赶赴溧阳，与狄正兴、史国松、史济洪等人于悠哉楼小聚，感谢故人宴请，情浓意真，感怀记之。

赴友寿宴诗

贺友花甲庆，满室笑语盈。
寿翁翩翩舞，曲尽酒亦倾。
众友醉唱吟，不知夜已深。
一曲感恩歌，字字显真情。

注：二〇一七年七月二十七日赴溧阳友人花甲寿宴，作诗以记之。

天香阁小聚

正月初八古城东，好友亲朋聚店中。
撸衣挥袖频举杯，豪气冲天侠义风。
校园一别五十载，欣然重逢情更浓。
今日相会天香阁，同窗个个脸通红。

方里访友

曾在方里学农耕，同字塘边话年轮。
玉阳先贤今不在，眼前邑友是同仁。

流光叹

春夏秋冬四季换，日复一日周复始。
老来常叹人生短，总悔年少不惜时。

谢诸友端午惠赠角棕

重五又来六月中，八方亲友馈角棕。
方知每逢端阳日，乡情更比平时浓。

夜宴百花苑

百花苑中百花开，千树万花迎客来。
海棠春睡人微醉，一杯一杯复一杯。

酬溧阳杨兆龙表弟

当年为幼童，相伴在增东。
寒舍毗相邻，炎天同游泳。
四个同胞兄，兆元芝兰龙。
还有一姐姐，惜叹成盲童。
幼年父丧时，尚在襁褓中。
寡母患中风，老小卧茅棚。
可叹众弟兄，凄风苦雨中。
全家病残幼，生来灾难重。
只因家境窘，无缘成学童。
务农勤耕作，草堂望星空。

天赋实过人，自幼绘画工。
家贫求师难，苦学不放松。
稚年雕趣浓，沟渠将泥弄。
用泥刻刀枪，劈竹做箭弓。
无钱买铜尺，石板当纸用。
少年技渐成，无师竟自通。
三国众英雄，照本写真容。
水浒百八将，临图书其形。
青壮志更宏，日久成画工。
学画不离乡，作品似惊鸿。
长卷题材多，百米如长龙。
沙河筑库图，场景颇恢宏。
排涝画抗洪，干群战鳌龙。
千载老码头，释卷展古风。
茅山炮声隆，抗日志成城。
碧血溅江南，忠毅海涛涌。
今近七旬翁，创意仍在胸。
长卷纳万象，方寸显乾坤。
秋来霜叶红，重阳桂香浓。
我期兆龙弟，高寿与画永。

注：杨兆龙，原名沈兆龙，溧阳市增加圩村人，系农民画家，江苏省、溧阳市等多家新闻媒体曾多次报道过他的事迹及作品。

赠晓明弟

与君相遇十年期，三千日夜两心知。
诸友无利皆散去，唯君有难不离弃。
休言浮云将日蔽，不信尘埃终掩玉。
周公奠定东南日，应知焦溪出连枝。

注：徐晓明，原武进京剧团演员，现为天艺广告公司老总，常州焦溪人氏。喜文爱艺，重情轻物，邑地俊杰。

四

诗酒酬唱篇

◆

赠友仁

记得当年波映楼，月明星稀照汀洲。
池畔偶然初相见，三生有幸成挚友。
春去秋来十余载，风雨之路同携手。
昨夜梦里又逢君，青丝不见霜满头。

感徐晓明惠赠焦溪蜜梨

焦溪出蜜梨，硕大令人喜。
甘甜真解渴，汁比观音水。
代号称八二，色如青铜器。
专程送寒舍，更见兄弟谊。

赴溧阳与友相聚

故友新朋聚一堂，西花苑中频举觞。
太白楼上忆当年，高静园里话沧桑。
三十年前旧同乡，六四翁叟未敢忘。
濑水绕岛久徘徊，不愿东去入大江。

六月十八赴友荣海宴

今应潘兄期，重回荷乡邑。
花艳绮诗圩，风清碧莲池。
林鸟各东西，游鱼散又聚。
离别四十载，桑梓仍熟悉。
诸友兴浓时，所谈皆往事。
抱拳笑语欢，临别情依依。
借尔酒中意，写吾笔下诗。
谢君犹少壮，续余谊古稀。

重　逢
——写在江苏省溧阳中学校友重逢之际

校园一别各西东，戎马倥偬似梦中。
往日青葱少年郎，如今皆成白头翁。
春来夏去又秋冬，风云际会重相逢。
当年风华依稀在，历尽沧桑仍从容。

宴别同窗发小

千村霜雪霁，万里云蔽空。

冬初朔风寒，秋深桂香浓。

晨起披星忙，暮归戴月匆。

黑发不相遇，白首恨无穷。

今晚曲散后，何日重相逢？

奥阳楼赴宴

百里赴宴奥阳楼，驱车东行出常州。

满座宾朋皆为客，推杯换盏酒兴浓。

江南丝弦曲声妙，各派相聚锡韵柔。

梨园先贤今若在，首推嘉大为班头。

注：中午与费志远、陆文清、宋祖清、胡建刚、虞定海、王云龙、吴淑萍等戏友相聚于横山桥奥阳大酒店，作此诗以记之。王嘉大，滩簧戏（江苏省长兴县东部环太湖区所流行的汉族民间小调，昔称常锡文戏）艺人，二十世纪三十年代他首次将常州滩簧戏搬上上海戏剧舞台，引起轰动，当时锡剧在江南三大剧种中被称为"锡老大"。

赴溧州同庆楼韩潮伟友宴

暑来热浪高，远行无空调。
追日到溧州，晚云似火烧。
同庆楼中聚，故友置佳肴。
谢君为骚客，一壶洗尘袍。

重阳宴宜兴诸友

士林一别已三载，今日荆溪南雁回。
紫晟设宴款旧友，兰陵笑语孟津醉。
重阳花披黄金甲，秋冬逝去春自归。
宾朋欢聚齐举觞，登高远望天接水。

注：金秋重阳佳节，宜兴旧友数人专程来访，吾携公司员工在常州紫晟摆宴迎客，相叙甚欢，一醉方休，留诗为证。

携洪俊友至东都拜望恩师郑其春

古邑旧地久别离，重回已过花甲时。
身在异乡倍思亲，耳畔常闻昔时语。
东都与友访恩师，院内几处花发枝。
鹤发童颜身康健，钟音慈怀骥伏枥。
当初年少出茅庐，幸遇恩师多赏识。
亦师亦父心感激，似朋似友终生记。
若无当年勤教诲，那有今日文名题。
且喜先生师母寿，执手相伴百岁期。

银星楼宴友

中江团聚心欢乐，明月皎皎照亭阁。
濑水千秋颂贞女，太白长吟猛虎歌。
银星楼上宴旧友，月上东窗酒量赊。
兄弟重逢千觞少，姐妹临别话语多。

注：与建平、力强、宝芬、建华、祥明、陈星等同窗好友相聚故地，于银星酒楼小宴，作诗以记之。

赴古渎访旧友

与友出郊北，驱车奔古渎。
昔日荒凉地，如今风景殊。
荷塘摇波绿，白鹭入画图。
牡丹桥亭下，乳燕筑新屋。
胡墩水中阁，郝家新路筑。
巷陌鸡鸭鹅，池塘岸边树。
处处见亭台，渔樵伴耕读。
更喜同窗友，小康多福禄。

谢乡里人家庄主刘忠清友

花开百花园，庄主宴文朋。
诸君远方来，乡里人家亲。
知己千杯少，微醺态始生。
夏宴尚未散，又约清秋行。

坐忘南山

偕友访南山，登楼品诗茶。
主人一壶春，醉翁坐忘还。

宿南山竹海温泉酒店

竹海迎来同窗友，鸿雁长鸣已是秋。
峰岭遥看若浮云，酒肆闲居不觉愁。
朝起温泉品寿眉，夜来醉歌卧高楼。
诸翁南山不思归，绿水青山笑白头。

家常菜馆宴友

家常菜馆美酒香，洮湖弟子聚一堂。
笑语盈盈喜相逢，弦声袅袅助清觞。
师生席间话当年，笔友举杯论文章。
莫问长荡湖中水，同窗情谊谁短长。

注：八月六日与同学及文友共十八人夜宴于溧阳芮平家常菜馆，作诗以记之。

长虹蟹舫夜宴

七星桥堍常昆堤，鸥飞柳绿蒹葭低。
几家房舍水岸筑，数处蟹市路边集。
白昼车马如流水，夜来月明船影稀。
我今重游沙家浜，舫上慢酌聆新曲。

注：二〇一二年十二月二十一日携友人于沙家浜旅游风景区长虹蟹舫夜宴，赋此诗以记之。

夜宿蓓茗山庄

今日重阳满地金，木樨花香秋桂馨。
晴空排阵雁远去，月夜清风送我行。
山庄寂寂秋意凉，清辉脉脉笼蓓茗。
最是旧友情意浓，夜半温酒待客临。

为湖中七六届初中毕业班题照

韶华正当年，芳心向春尽。
执教到湖中，师生情谊深。
每忆往昔事，心潮总难平。
校舍虽简陋，上下共一心。
晨读书声朗，夜宿灯光明。
孜孜勤学乐，谆谆教诲殷。
校园飞凤凰，邑郡声名隆。
而今半世过，诸子功业成。
更感师生缘，弥久存于心。
花甲送春去，古稀迎来宾。
同窗共秉烛，桃李笑春风。
白发道珍重，黄昏诉衷情。

五

族群寺庙篇

祭　祖

幼时随父去祭祖，坟茔坐落沟渠西。
父亲刚把纸钱烧，我即磕头捣不止。
老父疼儿搀扶起，抹去额头草和泥。
纸钱一烧旋风起，急得稚儿呼声急。
慌忙上前脚踩住，回头问爹爷可知。
而今墓前将父祭，不觉少年鬓已稀。

题溧阳虞氏淳化阁帖

当年太宗建书屋，御赐此阁名淳化。
皇恩浩荡授皇帖，陪嫁郡主到虞家。
甓溪自此传国宝，宗祠堂屋映绮霞。
舜帝后裔好儿郎，祖祖辈辈耀中华。

读李瑞明《清明祭》

双亲驾鹤西天行，遗训长存儿女铭。
一祭心中万丈泪，滴滴都是血凝成。

清明祭祖

柳绿桃红草青青，百里驱车祭祖陵。
金鸡岭下坟茔多，山前山后人纷纷。
墓前长跪身不起，耳畔眼前是音容。
父爱母恩比山高，儿女缅怀情难禁。
若无双亲养育恩，那有今日后来人？
如今再读孝母经，痛悔当年未尽心。
今日欲养亲不待，孺子碑前跪祭灵。
一杯清酒坟前洒，两行热泪流不停。
纸钱化灰如蝶舞，哭声凄咽似鹤鸣。
九泉有知天有灵，来世仍作吾双亲。

禅行路上读弘一

清水芙蓉踏波来，瀛洲平湖出英才。
博学多闻名叔同，文韬武略皆拔萃。
少年英豪怀奇志，报国之情从未怠。
为助义塾设书台，赈恤又将济社开。
富贵从来多祸灾，历尽荣华运转衰。
五岁失怙母命随，百日维新康梁在。
静思不辨世真伪，此身东渡向蓬莱。
春柳社中演话剧，反串女角为赈灾。
温婉美丽赛娇娥，盈盈细腰观众呆。
天涯五人结金兰，同窗学子暖心怀。
南海求师拜康梁，文社竞思屡夺冠。
才情斐然似皓月，天地山河耀清辉。

江谦聘教南师堂，金陵一梦二十载。
浊世公子非寻常，诗酒癫狂显高才。
炳炳烺烺辞采美，多才多艺堪绝代。
癫时杜翁呼小友，狂将酒仙类同辈。
饮中结伴八仙醉，俊逸清雅谁能追。
一腔热血报国志，寄情声色风流哀。
金粉厮磨酒色美，难将心中豪情盖。
心中哀怨且休休，少年壮志岂忘怀。
且看同窗共读人，学子友朋非凡辈。
尊师请来蔡元培，名师带出栋梁材。
叔同资质堪称奇，谁人见之不赞佩。
孤独彷徨几多哀，山河破碎泣血归。
可叹国祚日渐衰，国运不振万事哀。
乱世檄文世惊殊，匣底苍龙啸江海。
万里江山不可侮，披肝沥胆志不悔。
自古雄才多磨难，百万家资如烟散。
泰然处之无负累，辛亥一举畅心怀。
寸金铸出民权位，不负壮怀酬须眉。
碧血浇灌红心草，魂魄化作精卫鸟。
英雄一肩担山河，日月昆仑挂心怀。
义薄云天肝胆照，剑胆琴心芬馨在。
人生在世不满百，桩桩件件皆出彩。
行者千里心性在，忧思难忘故土归。
公子年少声名扬，中年才情谁可攀。
可叹世事如梦幻，壮志难酬情何堪。
风流倜傥性情真，一进佛门悟性开。
人生犹如西山日，草上霜雪比富贵。
精研律学弘佛法，爱国爱教世敬佩。
超脱世俗多潇洒，普度众生出苦海。
不染尘埃严律身，心无挂碍多自在。
云卷云舒无荣辱，一花一叶芳自爱。
宁社嚼得菜根尽，佛光法雨慈心怀。
苦修秉持拜菩提，以教印心成高僧。
至人参化将经念，廓尔忘言向如来。
曾经笔写天下事，花枝春满月在天。

谒常州大林禅寺

晨起沐浴罢，参禅谒大林。
方丈号达胜，引我古寺行。
寺舍颇巍峨，龙碑立钟亭。
法界楼高耸，玉佛宝相尊。
善男信女众，佛堂诵佛经。
禅房赐禅坐，悟道心自静。
寺院几兴废，佛法一脉承。
千年六百载，庄严宝刹成。
释迦牟尼佛，端坐梵王宫。
四大金刚身，雄壮又威猛。
大殿观音拜，罗汉二十尊。
回首忙询问，何故多两尊？
一系疯癫僧，解脱生死门。
一系济公神，为民抱不平。
东院龙母井，更是世闻名。
项女投井后，白龙遂飞升。
神女不舍母，遗珠报母恩。
寺内有古杏，悠然千百龄。
院中存丹井，曾有炼丹人。
神人乘鹤去，杳杳出凡尘。
佛道两千载，世代有圣僧。
慧根开慧眼，慧眼观世明。
世人多昏聩，圣贤存慧心。
佛我皆为缘，高僧大德成。
历代祖师爷，梵轮永在心。
身披袈裟定，脚蹬芒鞋轻。
弘法传佛道，紫霞降祥云。

山中修寺庙，始创建大林。
大林禅院成，太祖亲赐名。
自此山门开，立规修学勤。
了悟众寺僧，无上入法门。
度众脱苦海，慈航济生灵。
古刹历沧桑，伽蓝重振兴。
正修成智正，正信偕正行。
灵秀蕴山林，白鹭绕寺行。
江南风景胜，佛运旺大林。
我今谒古寺，福瑞胸中盈。
朝拜灵气护，晚谒罩祥云。
此身伏佛前，祈求佑众生。
人间有正道，国泰民安宁。

注：应好友汪承涛所约，赴大林寺访谒宝刹，达胜方丈全程陪同，盛情感怀，特作诗以记之、谢之。

晨访大林禅寺

清晨谒寺踏幽径，翠竹环绕石井亭。
王士高台升仙去，龙母诞儿飞天庭。
法界塔檐风铃动，禅院钟鼓梵音清。
大林深广寂且静，空山忽起数声鸣。

谒大林寺听百岁法师讲经

山筑云梯寺藏僧，千年禅寺万佛尊。
石阶苔青行步缓，古刹幽深送梵音。
法师百岁坐学苑，僧众居士静聆听。
且抛尘世繁芜事，一瓣心香诵佛经。

常州怀古

——随达胜方丈谒大林寺龙母井

晨起登大林，拜谒龙母井。
古有项村女，姓项名凤秀。
出门浣衣裳，与嫂溪埠行。
因食两仙桃，神胎暗结成。
身怀十月孕，被父逐出门。
有口难自辩，被斥品不贞。
凤秀心含愤，山寺投古井。
井中飞二龙，东西向天升。
圣迹天地传，白龙东西腾。
自此冲虚观，纷传白龙神。
白龙寺观建，龙母井闻名。
嘉靖辛卯年，蝗虫遍地生。
天旱如火腾，农田禾不存。
百姓苦难禁，乡人乞食行。
钦命颇紧急，州郡祷雨诚。

白龙复返乡，甘霖遍山岭。
自此声名扬，信众更虔诚。
日寇犯中华，佛寺遭兵燹。
香烛无供养，荒凉熄法灯。
直到世纪末，静海复大林。
古井废墟出，华严宝塔成。
白龙为感恩，绕塔舞碧空。
官员始不信，随众观龙临。
圣母诞神龙，从未忘乡恩。
寺观古井在，阴阳两极分。
佛道颂盛世，风调雨又顺。
随师谒古井，默默叩神灵。
祈愿白龙神，普天佑太平。

大林寺方丈楼饮茶

大林映紫霞，古道石径斜。
山幽穿竹行，寺前观百花。
佛门戒酒肉，方丈煮香茶。
相谈日已暮，流连忘归家。

茶禅一味

半山僧房多，趺坐对云柯。
东栽满坡竹，西筑法界阁。
风摇檐铃响，塔耸云天阔。
欲问茶禅意，空杯映月波。

白龙观

山堆秀峰溪笼翠，白龙飞天离尘埃。
芳茂四季青常驻，玄机有门石阵排。
黄猫吐币金成山，深涧环流财源来。
莫问何处有福祉，且来天下第一财。

横山怀古

其 一

登上芳茂眺远近，一览东南两百郡。
山前千竹涌翠浪，寺中万佛照眼明。

其 二

华严宝塔云间现，福寿聚财黄猫岭。
八百仙人高台在，白龙飞天出母井。
紫霞径幽通圣观，大林庙堂驻神灵。
当年舜过东南地，自古吴中第一境。

注：横山，又称芳茂山、紫霞山、清凉山、黄猫岭，因东晋大将军曹横葬于此处而得名。

雪中大林寺

雪霁芳茂画中景，万千风光一寺名。
寒冬腊月飞香雪，阵阵梵音十方闻。

五 族群寺庙篇 ◆

常州咏古

横山桥

一座横山桥，故邑先贤造。
水从桥下过，狮在柱上抱。
千船载菽谷，万舟驰江涛。
芙蓉开巷陌，焦村旭日照。
东望云霞低，西瞻塔楼高。
从此芳茂岭，水陆成通道。

月夜大林寺

山门夜不扃，时有落钟声。
松影移禅榻，一轮孤月明。

大林禅院

昔日芳茂岭，岗阜路难行。
只因葬曹横，横山由此名。
升天登仙馆，冲霄上天庭。
洪武佛教盛，大林禅院兴。
同治改禅寺，至今名大林。
楼榭亭阁畔，杏树千年龄。
项村女诞龙，飞天存母井。
寺院几兴废，天边日月轮。
静海秉修持，佛寺烟火盛。
高殿巍峨耸，法界楼摩云。
佛法代代传，方丈名达胜。
如今大林寺，誉享东南郡。

雪里横山

今日横山雪初霁，紫霞幽径人烟稀。
莫道冬至山无景，遍地雾凇花满枝。

咏　雪

九天仙女夜不眠，三更早起乱散花。
千里山川银蛇舞，万户农家雪烹茶。

煮　茶

围炉烧炭屋中暖，釜底添薪煮新芽。
都道农家冬日好，邀朋呼友品清茶。

放生池

青峰尽横亘，翠竹满山坡。
紫霞清幽地，残阳荡清波。
善男信女众，焚香诵弥陀。
慈悲修功德，池中放生多。

重回大林禅寺

寻 访

大林禅寺在横山，遥遥掩映茂竹间。
驱车寻访未近前，梵音已自山门传。

探 径

为叩龙母谒旧井，清凉山中觅径行。
一泓清泉千载流，数株古杏万年青。

登 塔

云边登高台，塔下人徘徊。
有心乘槎去，无梦踏歌来。

法 界

法界楼高耸，巍峨入半空。
何日驾云鹤，遁入太虚宫。

祈 祷

为避尘世扰，来至清凉境。
身叩三界佛，心随万事空。
晨起将经诵，日暮撞晚钟。
祈求无量佛，佑我福慧增。

百鸟拜佛

雨过天晴云雾散，藏经楼下起梵音。
万佛开光大林寺，百鸟朝佛舞蹁跹。

注：一九九六年农历三月初一，是大林寺万佛开光之良辰吉日，万佛楼上空雨过天晴，云开日出，突现百鸟，飞舞盘旋，引吭高歌，蔚为壮观，目击者无不啧啧称奇。

横山桥访友

其 一

亦师亦友宋仁年，独居大林古寺前。
朝闻经声催梦醒，夜听钟鼓对风眠。
清心寡欲池中水，俗念凡尘月下烟。
借得余光常捧读，晚风轻拂百花筵。

其 二

百花园内百花妍，吟罢芙蓉唱青莲。
不逐声名并富贵，洗尽凡心伴水仙。
杜鹃花开雕栏外，繁芜人世尘不染。
古井香气杯中溢，宾客满座尽欢颜。

注：以上两首诗为文友黄洪明所作。

大林寺赏蜡梅

其 一

年年岁岁寺中花，春夏秋冬开不绝。
最喜万佛楼前梅，枝挂金铃冠戴雪。

其 二

风送暗香枝影斜，有枝无叶花似芽。
不惧严寒有风骨，独向霜天展芳华。

大林寺听静海长老讲《地藏菩萨本愿经》

长老百岁僧，静海乃法名。
才高德望馨，妙手复大林。
护法兴古寺，弘教传经频。
静心受甘霖，凡心去素尘。

注：二〇一六年十二月十六日作于横山桥公园路百花苑。

应宋仁年先生之邀游横山

大林寺

经幢高矗入云深，梵宇宏开识大林。
多谢先生今伴我，浮屠直上洗尘心。

白龙观

玉磬声声长岭东，书窗正对翠华浓。
闲来不学升仙事，但写文章起白龙。

百花苑

酡颜如醉竹杖轻，绿云满径田家行。
东篱新插枝条在，静待百花舞春风。

注：以上三首诗为文友丁欣所作。

大林寺赏桂

芳茂岭上访古寺，循径觅影赏木樨。
莫笑清净修行地，也有凡心爱桂枝。

注：十月十日与友人至大林寺，时逢桂花盛开，香气四溢，作此诗以记之。

贺大林寺九层法界大楼落成

其 一

九千罗汉九千兵，九层法殿九千坪。
九龙环绕九楼宇，九级宝塔九重云。

其 二

千年古寺千丈林，千层高台千颗星。
千尺古井千株杏，千朵白云千佛尊。

注：六月六日赴大林寺拜谒方丈，应达胜大师之邀，参观新落成的法界大楼，信手涂鸦，留作纪念。

题大林寺

横山芳茂藏大林，法界大楼耸入云。
静海法师菩提心，善财龙女宝塔尊。
法华妙经度众生，佛院学子传梵音。
水陆道场千年承，礼佛拜忏齐诵经。

秋月夜

凉风习习秋夜永，辗转反侧梦不成。
皓月高悬塔寺静，阶前梧叶知秋声。

咏横山一壶泉

清泉发山麓，终年水不枯。
涓流汲不尽，日月映一壶。

登大林寺

深山藏古寺，径幽摇竹影。
众僧拜佛前，殿内供法灯。
经古寺林大，波清流白云。
身起响钟鼓，风中闻磬声。

夜宿横山

闲坐山门品佳茗，静听法界铁马声。
竹里寻径苔阶绿，登塔观天月影新。

佛说，你不必恐惧

当鱼尾纹悄悄
爬上你的眼角，
不肯离去，
而且越来越多；
佛说，你不必恐惧。

当几许霜雪，
落在那乌黑的森林中，
格外刺目，
而且越积越厚，
佛说，你不必恐惧。

当那似线似绳的青筋，
在你白玉般的手背上
悄然潜伏多年之后，
在不知不觉中慢慢地显现；
当岁月似一座
沉重的大山，
压弯你笔直的脊梁，

使你步履蹒跚，
佛说，你不必恐惧。

恐惧正似
一道悲哀的魔咒，
弥漫心间，
潜进你的心底，
使你迷惘彷徨。
佛说，不必忧愁，
无须害怕。
一个崭新的你，
正在衰老中孕育。

重生的你比原来的你，
更加美丽。
皱纹是年轮的呼吸，
根系在黑暗中编织羽翼。
你不必恐惧，
请勇敢和坦然地接受
属于你的悲欣交集。

游常州大林寺

桃红李白三月春，携友登高谒大林。
羽人已乘仙鹤去，丹井尚留古庵中。
精舍古刹卧玉佛，十八罗汉多两尊。
千年古杏绽新芽，万佛楼前白鹭影。
达胜方丈赐禅茗，诵经楼中听佛音。
口念一声阿弥陀，百般烦恼去无踪。
最喜佛门清净地，常修一颗般若心。

注：陪伴好友汪承涛等一行数人去常州大林寺礼拜，赋诗一首以记之。

横山大林寺

松籁泠泠似梵呗，羽人西去不复回。
清泉一泓入古井，白龙飞天自成胎。
竹林幽径隐宝玉，法界华严踏苍苔。
太祖题额千年古，静海寿翁百岁泰。

大林寺秋日访友

紫霞岭上觅清凉，古寺江南第一家。
塔耸高台飞羽人，龙遗明珠井栏斜。
翠竹环绕法界静，佛殿四周不绝花。
闲来总觉大林好，梵音钟鼓僧书茶。

横山醉吟

夜来微风送清凉，持壶独行上横山。
醉眼蒙眬青苔滑，步履踉跄山道弯。
古塔云台身渐远，搜肠刮肚觅诗章。
为学李杜耽佳句，不肯下山将竹搀。

秋日宿横山

醒来忽觉秋将尽，菊糕桂酒醉我心。
四季轮回来又去，风霜雨露总不停。
鬓发苍苍惜春暮，总想抱月自在行。
夜半饮罢宿横山，梦里山村闻鸡鸣。

大林寺法界楼

山峙东南紫气凝，宝玉足迹印苍苔。
龙女飞天冲霄去，佛塔登顶天门开。
法界九层高台耸，罗汉二十护如来。
经书万卷藏楼阁，清泉一壶沁心怀。

谒大林寺瞻观世音菩萨宝相

其 一

闻声救苦度众生，脱灾离难转慧轮。
菩萨心肠多慈悲，道场广立传法灯。

其 二

宝殿跪拜心虔诚，手持净瓶云端行。
法雨普降脱苦难，大慈大悲观世音。

访大林寺达胜方丈

我来横山岭，寻师访达胜。
身步紫霞道，眼观翠竹林。
宝刹巍峨耸，玉佛腾祥云。
鸟鸣禅机语，泉洗繁芜尘。
纷扰抛脑后，至此得闲情。
方知仙与佛，原是寺中僧。

题芳茂山寺

碧溪翠岚笼山寺，万里东来谒大林。
佛道合一六百岁，参禅悟道贵有恒。

注：常州芳茂山大林禅寺，佛道相融，历经一千六百余年，至今佛道无争，和谐
共兴，香火缭绕，佛事繁陈，名闻江南，余观之闻之，欣然作此诗赞之。

游瓦屋山宝藏禅寺

其　一

百名僧侣百间房，千年古刹梵音传。
道明祖师今安在，叩问佛门金地藏。

其　二

宝藏禅寺建瓦屋，施主田春在古渎。
当年执手为挚友，今日方知九华畴。

其　三

人生苦短如一梦，善恶功过任人评。
但将功德泽后世，不求万古流芳名。

其　四

一座瓦屋落九霄，宝藏禅寺紫气绕。
龙池泉水终不枯，香火不息人如潮。

注：瓦屋山属溧阳北山地区。这里群山逶迤，主峰突兀耸立，山顶有数千亩平坡，远远望去犹如青瓦所盖的大屋，故名瓦屋山。瓦屋山因与九华山有着深厚的历史渊源，故有"小九华"之称。这里林木繁茂，绿竹猗猗，现今正被开发成森林公园，这里的宝藏禅寺、神女湖、北山竹海、丫髻山等已成为旅游的好去处。

瓦屋山是人文荟萃之地，早在一千二百多年前的唐代，大诗人李白就在溧阳酒楼（旧县集镇）写下千古名篇《游溧阳登山湖亭望瓦屋山怀古赠同旅》；孟郊在溧阳任县尉时，数次登临瓦屋山远眺，一览江南风光；南宋爱国诗人陆游的幼子陆子遹任溧阳知县时，曾数次登上瓦屋山，他还把自己的家迁至瓦屋山南麓的陆筐村，现此处陆姓便是他的后裔；明代大文学家汤显祖留下《游溧阳洞山》一诗"瓦屋如云青作花，华阳绛气屋青蛇，中开百尺仙人掌，摇漾金光落紫霞"；溧阳清代状元马世俊留下"瓦屋成高筑，平岚净远氛，阴晴峰变化，俯仰气氤氲"的优美诗章。

据史料记载，瓦屋山与安徽的九华山在宗教史上具有密切的关系，佛事交流十分频繁。唐天宝五年（七四六年），九华山金地藏二弟子道明大和尚到瓦屋山建造了宝藏禅寺，那时寺中僧侣近百人，直至一九三七年寺庙被抢掠毁坏。如今在三百五十二米高的瓦屋山头，横卧着一座宏伟的建筑群——宝藏禅寺，这是自一九九四年以来，众信士香客自筹巨资建造的。中国佛教协会副会长茗山法师为宝藏禅寺题了楹联："天宝物华修行胜境，地藏闵老弘法道场。"概括了瓦屋山宝藏寺山水云壑，数峰叠翠，风光秀丽，龙池泉水长年不枯，人杰地灵，物华天宝的奇特胜景。现在瓦屋山被规划为重点名胜风景区，道路交通及园林建设正在实施之中，其中已修筑了盘山公路，瓦屋山宝藏禅寺已正式对外开放，日常游人络绎不绝，如遇庙会和佛事活动，更是人山人海，最多时达数千人之多。

寻访云谷寺

开元先生厌折腰，自解玉带大红袍。
汲水煮茗隐深谷，云山雾海自逍遥。
闲在寺院品毛峰，佛门禅机悟性高。
身至云谷山庄居，耳边犹闻喧佛号。

注：云谷寺位于黄山风景区东部，海拔八百九十米。明万历年间在此建掷钵禅院，崇祯时改名云谷寺。如今寺庙已不复存在，原址上建起了荟萃徽派建筑精华的"云谷山庄"宾馆。

坐　禅

当知心是佛，应记戒律明。
善根长清净，不堕地狱门。
众生皆可度，一念自归真。
修行断烦恼，坐禅参本心。

与费志远等友人访白龙观孔道长

与友访真人，寂寂道观深。
石像高入云，不知是何神。
观在山腰耸，石筑玄机门。
香烟云绕处，戏台接楼门。
登临石径斜，撑持古木沉。
青苔覆石阶，绿叶荫奇杏。
白龙观内坐，道长语殷殷。
品茶话古今，无相佛道同。

福寿庵

寂寂福寿庵，千年踞东南。
山门朝南坐，玉佛卧清凉。
守戒除迷妄，佛光照西山。
清净修身地，福寿因果缘。

清明前携友人雨中重游千华寺旧址

驱车出溧阳，旧地访千华。
携友来举善，冒雨去崔岕。
大洪山坳弯，十里少人家。
村疏路径长，不见车马还。
举目向前看，烟霭笼群山。
竹乡现村寨，清溪水潺潺。
老妪见车辆，一时深惊讶。
默然随人后，闻声不说话。
云中佛慈祥，净瓶将雨洒。
细珠落山野，涓水汇溪涧。
携友步石阶，四周细勘查。
雨中撑伞行，举步寻佛缘。
脚下洼水盈，眼前修竹长。
偶遇红杜鹃，粉脸溅泪花。
涧水穿山岩，池塘分上下。
岭峻高崖陡，峰立碧水蓝。

白虎啸山林，野猪乱拱田。

雷龙卧东方，鲤鱼居龙潭。

寺院师姑闲，手植白玉兰。

沧桑三百载，年年开不败。

赤莲藏精舍，瑶池隐山间。

寒冰已消融，红焰徙他乡。

密林围断墙，古庙垣壁残。

麒麟寺门守，卧闻瓜果香。

草丛没门槛，宝鼎无香燃。

寺碑今安在，人称地下埋。

核桃悬山崖，今日根重发。

石柱藤蔓绕，楮树叶枯黄。

寺毁梵声远，木鱼久不响。

法灯黯然灭，殿舍尽凋残。

崔村无崔庵，拳乡无拳馆。

朱氏无朱祠，山门无道场。

茂林掩僧舍，风雨锁旧庵。

山径路难寻，逶迤竹林间。

只盼老方丈，慈悲发宏愿。

重修千华寺，功德终无量。

注：二○二○年三月三十一日下午携文友品华、宝芬、志福等人寻访千华寺旧址，特赋此诗以记之。

赠飞来寺智善法师

梵天佛地飞来寺，道行高深智善师。

无上般若开宏智，心如明镜身菩提。

佛门一开众生拜，几人能写了悟诗。

宝殿笋斋香云起，陶翁静参上上机。

中元节荡口古镇谒关帝庙

盂兰盆会雨溟蒙，中元垂柳泪晶莹。
楼殿嗟叹美髯公，堂前咏唱小方卿。
日间持烛叩将军，夜来悬月照亡灵。
千盏莲灯水池放，万家祠堂祭祖宗。

注：应无锡戏迷协会俞先生之邀，携友至荡口古镇参加戏迷之友活动，恰逢中元节，特至关帝庙一游，作诗以记之。

无想寺问僧

无事来南山，云闲鹤不还。
拾步登塔顶，四顾心茫然。
南朝寺庙多，四百八十间。
忽闻钟磬落，初醒出尘寰。

五　族群寺庙篇

◆

遇　园

径深山路弯，豁然见遇园。
千山遮仙容，一水映娇颜。
村古多牌楼，池深花映潭。
若无前世缘，今生相遇难。

无想山远望

山名无想数峰青，夏日寻访觅了因。
翠竹深深穿曲径，小庐远望心澄明。

注：应昌永兄之约，与同学数人赴溧水南山一游，作此小诗以记之。

六

素履文川篇

伍员山怀古

方圆近百里，崇山耸峻岭。
山高入云霄，林深难探径。
当年楚王昏，加害忠良臣。
斩草要除根，子胥逃难行。
昭关急脱险，一夜白发生。
取道入吴境，途经乌鸦岭。
眼前山险峻，身后有追兵。
伍员倒扯马，退步上山岭。
楚军顺蹄印，向前追不停。
山后乃平川，不见人踪影。
追兵返身还，寻至青山顶。
子胥庙藏身，蛛网布寺门。
兵欲进寺寻，将叱瞎眼睛：
蛛网布庙门，寺内哪有人？
追兵无处觅，漫山复搜寻。
伍员无奈何，持石欲伤身。
砸牙毁面容，自残诓追兵。
忠良遭此难，樵夫心不忍。
三呼使不得，伍尚手方停。
子胥心感恩，叩头谢山民。
求指遁身路，樵夫引小径。
换衣诓楚军，被缚遂舍命。
伍员感其恩，咬指题血痕。
誓言雪耻后，建祠塑金身。
子胥前面行，后面跟楚兵。
又逢贞义女，箪食资瓢饮。
为表志坚贞，抱石投江中。

吾邑山水情，侠义天下惊：
救人愿捐躯，助人肯舍命！
一腔侠义血，换来壮士盟：
不报救命恩，此生不为人！
蛟龙入大海，波涛复奔腾。
伍员伐楚后，恩怨皆分明：
为报父兄仇，鞭尸在郢城。
为感贞女情，江祭三斗金。
山巅重修祠，感恩泣樵灵。
诗仙书碑文，千载扬英名。
从此乌鸦山，又称护牙岭。
我今携挚友，慨然一登临。
青山有遗篇，感怀泪满襟。
壮哉砍柴人，浩然正气凛。
壮哉贞义女，惊天泣鬼神！
壮哉吾乡风，千秋侠义存！
壮哉伍员山，巍巍耸入云！

溧阳咏

中吴古县底蕴厚，江水环绕团城流。
地连江南苏浙皖，位居长江三角洲。
神女宝藏山中秀，平陵阳光霞映楼。
人类文明发祥地，中华曙猿乃源头。
人杰地灵写春秋，两溪三湖岁月稠。
贞女遗世侠义风，游子吟传德孝寿。
天目湖乡茶山多，长荡湖中听渔歌。
南山竹海载悬舟，伯温隐身蛙竹稞。
环邑彩虹铺锦绣，云中慢城逍遥游。
南来北往四海客，最爱天目煨鱼头。

千村田园风景秀，万户特产物辐辏。
中关新区择西郊，南航学府城南驻。
胥江溧水通漕河，双铁交汇在溧州。
湖畔机场新开建，高速高铁连宇宙。
溧阳宜居乐无忧，凤凰飞来不思走。
堪称江南一明珠，福传子孙德泽厚。

清明长假游溧阳

其 一

空阁无人处，耳际似有声。
不见花月影，却在画中行。

其 二

瑶池何日落山冈，深藏烟雨与晴岚。
疑见众仙幢幢影，却道夜深忘归房。

其 三

庭院深深深几许，云山叠叠叠成图。
我来长廊读西厢，君去古寺问迷途。

其 四

亭台水榭霞满天，远山如黛柳如烟。
谁倾天宫七彩盘，遍染绿水与青山。

春醉江南

谁在瑶池摔酒坛，倾尽琼浆醉江南。
香气氤氲洮湖睡，翠滴南山千峰眠。
烟雨蒙蒙路难寻，水波渺渺舟不还。
江花日出疑为火，青山似黛却说蓝。

游蛀竹棵村

风车戽水溪流清，斜阳疏影归鸟鸣。
孤岛绕流涧无舟，池畔游鸭噪不停。
古树参天杏子落，修竹攀岩枝叶青。
犬吠鹅叫报客至，蛀竹棵村桃源境。

夏日登南山游竹海

千里来登第一峰，万顷竹海翠浪涌。
江南崇山三百座，谁敢与尔比峥嵘。
温泉氤氲隐岕中，镜湖摇曳照苍穹。
鸡鸣三省唤日出，落霞西飞追孤鸿。

过胥渚怀溪桥

一桥横跨云怀溪，万年古墟称华胥。
伏羲卜卦造玉台，女娲炼石五色泥。
公来开府名天秀，嗣从此处徙滇池。
乡贤辞归隐山林，聚友吟诗凤凰堤。

竹海鸡鸣

熊啸龙吟林壑美，雄鸡一唱天下明。
且待东方红日出，竹海静观紫微宁。

天目山踏青

桃之夭夭散作绮，梨花簇簇雪满枝。
愁见伍岭须发白，为寻贞女归家迟。
苍茫暮云笼石径，旧壁难题浩然诗。
倏然夏至春已尽，宛转子规布谷啼。

注：伍岭，指伍员山。贞女，即浣纱女。

醉仙台抒怀

其 一

醉卧仙石霞铺彩，畅怀痛饮酒千觞。
何人还我江郎笔，再借诗仙三分才。
远偷扶桑一点红，近撷青山几分黛。
挥毫抒写云天意，刻石立碑醉仙台。

其 二

诗魂千古随风传，山河万里胸中藏。
不知翁野今安在，家国须臾未敢忘！
但愿苍生俱饱暖，青史何须美名扬？
少陵光焰万丈长，因梦广厦千万间。

注：醉仙台在溧阳西南青峰山，相传李白多次赴溧阳游玩访友，曾醉卧于此石之上，故而得名。二〇一四年三春之时，余曾与故邑文友十余人在此相叙，饮酒赋诗。此乃当时旧作。翁野，指陆放翁（陆游）与孟东野（孟郊），二人曾在古邑任职，留下许多脍炙人口的诗词。

夜雨离愁

梦里一夜听春雨，晨起尚闻檐水滴。
东风不解离人意，犹送残红湿客衣。

春日携友人游天目湖嘉丰山庄

携友寻春踏青来，姹紫嫣红花含蕾。
深岕茅舍闻犬吠，环湖蹊径看流水。
茂林修竹涧边迎，廊桥空廊缓缓归。
雅室品茗赏新芽，误识几株桃李梅。

仙山寻梦

红云枝头御冠戴，黄粱梦觉麟化胎。
事奉三朝撰天书，池塘春草号匏斋。
丹墀风暖送花回，瑶池云霞岁月裁。
为赏帝赐紫薇树，今朝寻梦仙山来。

注：溧阳仙山窑头村为清代探花黄梦麟故里，至今仍存留御赐紫薇树一棵，已三百余载矣！

秋游仙山村

探花故里来秋游，湖光山色舞彩绸。
一片绿荫掩宋窑，几树紫云随溪流。
山映斜阳天接水，曲项池畔歌悠悠。
不见仙山炊烟袅，且听金风奏箜篌。

团城夜景

三湖两溪水，四季绕团城。
八方歌舞起，正月闹龙灯。

燕湖灯会

燕湖灯会万花开，随郎驱车踏歌来。
火树银花映霄汉，一轮明月照戏台。
蓦然回首人不见，四下寻觅人如海。
无心再赏灯与月，急到车旁等郎回。

中江月

三湖两溪水，团城四周流。
一轮中江月，载影到溧州。

醉江南

听罢评弹哼锡滩，浅酌慢饮酒茶香。
呼朋唤友棋牌乐，歌舞管弦享清闲。
头枕廊桥桶吊水，莳花弄草金鱼养。
莫道京杭风光好，惬意仍属苏锡常。

如东吟

离却通州到海陵，范公堤上会精英。
掘江亭下觅新友，卖鱼湾中数旧轮。
旌旗舞动张士诚，东煮海水鱼龙惊。
今朝遍游淮阳道，方知如东大地新。

题焦溪古村

帝子出巡苍梧野，晋邑史存舜过山。
虞舜导洪千载功，圣德遗存万重天。
曲水幽径回焦溪，古村八味名远扬。
松风芳祠映斜晖，桥头闲僧围棋摊。

注：焦溪古村在常州东北，古代遗存甚多，相传为虞舜当年治水驻跸之地，有舜祠、舜井、舜过山等遗迹。

咏常州古迹

常州大运河

千年古道大运河，跨河桥有十一座。
东南漕粮经此过，舣舟亭边舟帆多。

状元第

宝砚堂前屋，小街石径古。
状元及第处，榜眼经学府。
石鼓苔痕老，云楣墨迹枯。
欲问登科事，空闻燕雀呼。

常州府学

西横街上藏学府，至德太平倡科举。
大成明伦尊经阁，中兴人才从此出。

文成坝

一坝筑成通姑苏，舣舟亭处建新城。
万寿宫东开新河，中吴文脉永传承。

舣舟亭

一亭河岸峙，亭旁叶交柯。
舣舟名何来，关乎苏东坡。
千古英雄多，铁甲挥金戈。
唯君弱冠子，豪气震山河。

红梅阁

一座红梅阁，千年传古韵。
时有暗香度，红梅映飞甍。
学子应试处，乡贤从此寻。
吴中沧桑地，简朴古风存。

夜宿崔桥

夜宿绿杨堤，临流客思凄。
水吞沙岸阔，月涌驿亭低。

注：二〇一四年五月十日作于戚墅堰梅巷。

秋日泛舟太湖

一笛长鸣上九霄，万顷太湖泛波涛。
远望绿水接天碧，近看舟帆似云飘。
马山红叶报秋至，头顶雁阵一字翱。
忽见天边霞光好，方知已到洞庭岛。

春节重游姑苏城

古寺钟声夜半迟，玄妙观前观花雨。
大年初一忙早起，才子府第来寻觅。
眼前虽无读书人，耳边却闻流莺啼。
老街旧屋临水筑，张灯结彩喜气聚。
卖花巷陌柳摇首，小桥流水渡舟楫。
忠王府前忆当年，伏羲会馆听旧词。
人人都道东吴好，不使神仙恋瑶池。
佳节重游姑苏城，此心犹忆旧相知。

虎丘剑池

万里东来海涌山，江左名壑虎啸长。
三千宝剑藏深丘，十万金精护金阊。
秦王裂石剑池在，阖闾陵寝何处藏？
残碑阅尽兴亡事，枫丹露白水烟苍。

枫桥夜宿晨眺

其 一

烟雨蒙蒙笼姑苏，柳条丝丝拂亭台。
白雾茫茫眺虎丘，钟声阵阵寒山来。

其 二

爆竹声声震天响，灯火熠熠照夜空。
欲问张郎诗外意，石阑苔老倦游筇。

注：二○二三年在苏州女儿处过年，独居枫桥路临河新屋，凭窗夜眺晨望，恍然如在梦中。

大阳山杂咏

舍身崖

佛音梵呗声远遁，舍身崖下寻往生。
且看妙台浮云处，几多鲤鱼跳龙门。

吴之镇

一座大山屏吴中，万顷波涛日夜涌。
吴宽笔力重千钧，镇住东吴几条龙？

箭阙峰

始皇一箭射阙峰，皇家豪气化作风。
金丸一跃沧冥裂，十万青山掌上腾。

半山亭

公胜先生爱解梦，不识夫差刀剑锋。
三呼三应人未见，半山亭中血溅红。

题六和塔

七级八面十三层，天地四方六合定。
初地坚固二缔融，三明四宝盖五云。
六鳌七宝震八方，九天仰灯百姓敬。
行者千古葬于此，智深万代留英名。

注：六和塔位于西湖之南钱塘江畔月轮山上。取佛教"六和敬"之意，命名为六和塔。现存六和塔为平面八角形，外观八面十三层，内分七级。高五十九点八九米，占地八百八十八平方米。塔内每二层为一级，有石梯盘旋而上。据传《水浒传》中的花和尚鲁智深与行者武松最后在六和塔为僧，圆寂于此。

清明谒岳坟

其 一

秋霜无情百花枯，冬雪裹冰漫天舞。
春风不知何日暖，夏去连藕陷泥污。

其 二

我今清明谒岳坟，西湖悲歌哭忠魂。
万里山河君若在，何来九州南北分。

夜宿西湖

湖光如练夜初寒，舣棹苏堤露未残。
山吞螺髻浮双塔，水蹙鱼纹散数团。
我在冬至访西子，菡萏香销翠叶残。
春夏秋冬频更替，岁月如水又如烟。

重回江心洲大桥偶感

车至马鞍山，重回江心洲。
遥望采石矶，揽月使人愁。

九江口怀古战场

湖汉九水汇浔阳，兵家重地名柴桑。
旌旗蔽日连天赤，鼓角喧风卷地黄。
百年基业一战定，十万雄师顷刻亡。
秋水茫茫千里长，波涛渺渺入大江。

夜登天池拜月台

夜登天池拜月台，月明星稀梦难裁。
我欲乘风探桂阙，清光不许惹尘埃。

题庐山仙人洞

洞中观天地，锦绣乾坤移。
万仞峭壁立，佛手向天指。
仙石凌空出，洞天玉液奇。
何当骑白鹿，长伴彩云栖。

夜宿牯岭

夜上匡庐宿山顶，身在天街不见云。
挥手点亮满天星，方知天庭在牯岭。

　　注：十一月十六日，友人晓勤劝我住进庐山鑫缔宾馆，夜来无事，步行户外，乐
赏天街夜景。

六　景曼文川篇　◆

— 141 —

访庐山白鹿洞书院

我来白鹿洞，轻叩书院门。
李渤身不在，白鹿逐流云。
书院木葱茏，遥闻读书声。
千年诗韵长，字字立碑铭。
九渊洞府深，吟诵有后生。
庐山书院景，羡煞茅山人。

注：白鹿洞书院、茅山书院同在宋代八大书院之列，惜茅山书院已荡然无存。

寻访茅山书院

昔日精舍依岩排，清风明月揽入怀。
茅山书院惜不存，但见索道云端来。
游罢上清修仙地，再寻景弘养身斋。
侯遗先生今若在，应知何处是书台。

金寨行

旌旗插遍鲜花岭，八月桂花遍地开。
青山有幸埋英烈，碧血忠魂天堂寨。

注：金寨县位于大别山革命老区，全县三十万人，有十万烈士，几乎家家都是烈军属。立夏节起义、六霍起义、苏家埠起义、黄麻起义，都发生在金寨及其周边地区。土地革命时期，中国共有十六个省先后建立了一百四十九支主力红军队伍，其中金寨县就组建了十一支主力红军队伍，数量位居全国之首。抗战时期，金寨县是安徽省的抗战指挥中心。解放战争时期，刘邓大军挺进大别山，金寨县是刘邓首长的前线指挥部所在地。这片土地孕育出五十九位开国将军，被誉为"红军的摇篮，将军的故乡"。

大别山夜行

逶迤螺湾峰，晚至无车通。
路远四十里，壮行携清风。
翠峰横黛色，星光散林中。
孤狼啸冷月，寒鸦噪夜空。
山径踽踽行，荒冢飞流萤。
声寂悚心魄，魂飞草丛动。
手电照射处，黄兔坐路中。
心疑狐仙至，磕头祷不停。

钟山怀古

我来圣贤山，访贤谒圣灵。
江水绕石城，山道铺林荫。
日照鸡鸣寺，秦淮灯火明。
杨柳舞细腰，商女歌升平。
自古销金池，六朝蛟龙生。
潮起又潮落，盛衰总关情。
荒草埋古冢，鬼魂遁山林。
江水千年流，涤尽功与名。

重回清凉山

我来石头城，又至清凉门。
皇家御苑地，绿荫遮日影。
昔日火城热，幸有清凉门。
恰似一泓泉，酷暑降甘霖。
随园楼台耸，凉山草木深。
避暑是佳苑，闻香有兰馨。

午夜过南京四桥

扬子腾起一条龙，其势如虹舞半空。
万家灯火接星汉，天上人间岂不同。

霸王潭

其 一

晨风习习顾渚头，翠竹青青绿水流。
茗芳桥前枕流亭，来寻霸王饮水口。
双膝跪地印深痕，泠泠清泉涌不休。
项羽豪情今犹在，似闻壮士向天吼。

其 二

依山傍水建高楼，举觞把盏雅音流。
多少南来北往客，农家乐中忘忧愁。

其 三

霸王潭前一声吼，疏星残月落云头。
涤尽天下不平事，踏平江东两百州。

游东湖

蒙蒙烟雨笼东湖，处处似画景不同。
洗尽九天风与尘，迎来五湖绿澄泓。
穿花拂柳行湖畔，古木参天绿荫浓。
若将西湖比东湖，鬼斧神工造化同。

雾舟行

湖水茫茫漫天雾。
难觅路，
不知途。
孤舟独桨向何处？
心不定，
意踌躇。

几番孤棹风雨渡。
风不停，
雨未住。
船头摇摆人踟蹰。
举目望，
频回顾。

洮湖晨雾

谁将万顷波，化作一湖云。
鸥鹭变仙鹤，雾海穿梭行。
水街成天市，洮湖幻仙境。
浓云锁楼台，薄雾笼涪岭。
蒹葭似细竹，芦花如雪盈。
渔舟归唱晚，画中悄然停。

春日雨中偕友人泛舟长荡湖

洮湖茫茫水连天，涪山点点黛若烟。
归帆片片逐云飞，浪花溅溅舟犁田。
新雨缕缕织春妆，杨柳依依将翠添。
铁笛穿云破碧澜，烟波万顷入眸宽。

访焦山

辞别延陵到京郊，驱车驾舟上玉岛。
翡翠焦山立江中，砥柱中流云雾绕。
当年焦光居山中，几辞帝书不应诏。
采药炼丹赛神仙，蜗牛壳里乐逍遥。

访延陵

我到九里村，寻访古贤人。
吴王有四子，仁德贯古今。
圣人名季札，避位到延陵。
农耕稼为乐，采邑有高朋。
为仁不争位，为友舍金银。
佩剑赠亡君，一诺重千金。
四让帝位尊，为国亦为民。
贤明重信义，天下第一人。

春游梅园

古藤奇石兰蕙雅，玉骨冰姿梅影斜。
龙山九峰环湖立，东浒横岭飞云霞。
文光射斗涌砚泉，寺僧开园试新茶。
梅花有心知客到，忽然一夜清香发。

春日携友游贵池杏花村

杏花雪白簇簇开，年年凋谢春又回。
昭明戏台歌女声，风送桑柘传黄梅。

咏无锡

运河两岸绿如黛，金域蓝湾花正开。
高速地铁贯东西，舟船车马南北来。
环湖大道连州邑，锡音梅腔满堂彩。
太湖之滨游罢叹，又见江南小上海。

西海观日出

西海不是海，波涛如雪白。
前峰山叠浪，后山云霭霭。
烟波冲天起，顽石东飞来。
晨观扶桑日，喷薄出云台。

注：西海，指黄山西部群峰，是黄山风景区景色最秀丽、最奇特的部分，有"梦幻景区"之称。

博海感怀

百年人生路漫漫，碧水东流波纹平。
心中扫去尘俗事，静思才悟诗酒情。
我今归隐在何处？不在田园与山林。
博海泛舟喜冲浪，方知人生岁月新。

问道明道宫

老子御青牛，西出函谷关。
万里觅天道，千年不回还。
我来明道宫，问道心茫然。
春秋周复始，何日解玄言？

注：元月五日与友人韩军委夫妇同游鹿邑明道宫，心中有此疑问，作诗以记之。

立夏歌

暮春昨夜去，初夏今日生。
绿树村边合，楼台池塘映。
蝼蝈咕咕鸣，声声唤蚯蚓。
蔓藤呼呼长，黄瓜悬空临。
翁媪闲迎夏，子辈忙农耕。
老妪煮乌饭，老翁笑弄孙。
顽童捣蛋欢，女孩斗草赢。
田间稼穑忙，庭院笑语频。
耕夫在田间，村妇忙餐饼。
百花随春去，犹存虞美人。
油菜子孙多，莲藕水中生。
牡丹斗芍药，花开动京城。
北斗悬东南，幽人望星辰。
立夏万物茂，但祈好收成。

立夏观荠菜花

昨品天目伍员茶，
今在阳湖数桑麻。
他人悲叹春已去，
吾心随风入初夏。
山长水阔无由达，
梦里殷勤到天涯。
踏遍陌上路千丈，
最喜田间荠菜花。

油菜花

片片似鹅绒，
簇簇如黄金。
都道春雨不惜花，
零落总堪惊。

昨日尚未开，
今朝花满茎。
若是春风不爱君，
何来满天星。

冬 雪

昨日朔风起，漫天白絮飞。
少妇着红妆，稚童雪中戏。
友朋宴高楼，嘉宾赴温池。
游客照雪景，文人赋闲词。
谁怜街头翁，斑驳一身泥。

读"江郎才尽"故事感怀

钟嵘《诗品》记载："淹罢宣城郡，遂宿冶亭。梦一美丈夫，自称郭璞。谓淹曰：'我有笔在卿处多年矣，可以见还。'淹探怀中，得五色笔授之。而后为诗，不复成语，故世传江淹才尽。"

其 一

孺子年少才气豪，能诗善赋画艺高。
倘若不还五色笔，五斗才名未必浇。

其 二

一朝飞上青云端，不再灯下苦煎熬。
若教胸中无丘壑，彩笔收时锦字消。

秋　凉

几经风雨秋已凉，九九归一又重阳。
飘飘落叶随风舞，脉脉斜阳西入崦。
江水东流不复回，岁月如烟忘短长。
艰难困苦羊肠路，春华秋实著文章。

赞天河三号

银河天河任穿梭，百亿千亿又奈何。
攻关克艰征途远，不畏前路风雨恶。
自主创新傲群雄，百亿亿次妙算多。
今朝重写璇玑谱，高唱苍茫云外歌。

莈山月

孤峰悬玉镜，万古照清流。
何人吹玉笛，摇落一湖愁。

梦回扬州

梦里依稀访扬州，惊觉江陵西湖瘦。
平山堂畔凤凰鸟，菱川诗社鸣啁啾。
循声随灯寻挚友，抬头不见蓝月留。
只恐夜深梦醒时，昔日少年已白头。

自扬州至金山寺

登舟破浪上金峰，侧耳听涛声噌咙。
瓦亭覆井汲冷水，人声鼎沸茶肆中。
伫立山巅观沧海，万里长江浪拍空。
人生匆匆百载过，江水悠悠独从容。

夜宿胥渚村

胥渚近北门，离城两里整。
同窗友谊深，邀我宿胥村。
吾祖乃狄公，溯源系同根。
而今古村落，团团如小城。
始祖迁河南，太祖到邑郡。
砚头书香传，进士数十名。
岁月逾千载，子孙留万人。
宗亲情意浓，挚友谊更深。

咏 竹

根埋土中亦有节，月写冰绡淡有痕。
正气凛然高千尺，心怀壮志欲凌云。

六 景殷文川篇 ◆

游凤凰公园

一座凤凰桥，兀自展翼翱。
三湖两溪水，聚成濑江潮。
绿荫绕翠堤，曲廊环碧岛。
春秋忠烈女，浣纱立波涛。
唐井涌清泉，淳帖刻墨宝。
古木涵天籁，云气接江皋。
凤凰涅槃处，如今景色娇。
故园日月新，乡情苦萦绕。

注：四月三十日上午与学友胡志新、史全芳以及发小杨兆龙等人重游凤凰公园，
喜遇乡邻故友多人。园内浣纱女塑像、唐石井栏、楠木厅、淳化阁帖石刻、铁木厅等
重点文物众多，小桥横卧，流水潺潺，游廊交错，亭台参差，景色迷人，美不胜收，
更感邑友情重，遂赋小诗一首以记之。

曹山行

同窗发微信，邀我曹山行。
离邑数十载，故园梦中萦。
回乡携旧友，驱车紫竹林。
昔日荒山岭，而今变胜境。
大坝亘湖中，别墅山间隐。
鸥鸟展翅飞，水库绿波平。
山庄飘白云，满坡桑果林。
更喜友正兴，带我访益民。
昔日少年郎，而今年七旬。
须发皆已白，浓情仍在心。
余霞散成绮，驱车返平陵。
盛世话往昔，一路笑语盈。

注：元旦前夕，学友胡志新、狄正兴、葛建平、郝锁荣、韩潮伟等人盛情邀请我奔赴曹山，游览山庄、水库、禅寺等曹山古迹胜景，其间结识韩、周、王等新友数人，更喜邂逅阔别四十年的同村发小益民，特赋小诗一首以记之。

六 素履丈川篇 ◆

天目湖观太公垂钓石像

赤脚布衣斗笠翁，直钩垂钓渭水滨。
凝神屏气身不动，要用金竿钓鳌龙。

遇园观梅

其 一

七转八弯遇园来，十里山洼万树梅。
三月惠风拂人面，千条万枝绽春蕾。

其 二

湖边霞光染红梅，遇园亭榭绿波围。
天公若解怜清骨，莫遣东风乱做媒。

注：二〇二〇年三月十日游溧水无想山，作小诗二首以记之。

七

戏曲文化篇

看锡剧《江姐》

你像一朵红梅，
绽放于严寒冰雪之中。
你似一盏明灯，
照亮黎明前的夜空。
你用淋漓的鲜血，
将共和国的旗帜染红。
正是你们，
一个个英勇不屈的共产党人，
铸就共和国的灵魂。

重看锡剧《珍珠塔》

人中戏，戏中人。
后园会，会园后。
赠珠塔，塔珠赠。
情系塔，塔系情。
世人叹，叹人世。
亲侄子，子侄亲。
嫌家贫，贫家嫌。
今古同，同古今。

重阳赴两友人生日宴

翠山花园秋桂黄，渔父岛上摆寿宴。
挚友亲朋聚一堂，湖光山色画中天。
持螯品酒情真切，雅乐乡音意盎然。
今日湖滨庆重阳，更期寿星颐百年。

　　注：农历九月初九为重阳佳节，应邀参加锡界两个朋友的生日宴会，即兴赋诗恭
贺之。

贺无锡戏迷协会办公室乔迁之喜

戏迷之家新饰成，泠泠弦上传新声。
锡剧代有才人出，曲声悠扬传深情。
名家名票同登台，戏友票友竞啼莺。
百年滩簧声不绝，古树新花万古春。

赴常州横山文体中心观名票名角演唱会

初冬寒来雨带风，文体中心春意融。
名票名角同登台，常锡文戏展新容。
多情表姐将塔赠，博爱孝子买老翁。
玉蜻蜓会古庵内，书生潦倒跌雪中。
芦苇荡里风声紧，革命星火燎原红。
弦乐丝音悠扬起，戏迷协会众称颂。

注：无锡市锡剧促进会、无锡市戏迷协会与常州横山戏迷协会联合举办名票名角演唱会，余应好友唐天明之邀前往观看，一睹潘佩琼、李桂英、万建焕、陶涧生、孙美娟、周建中等诸多锡剧名家名票风采，大开眼界，特赋小诗一首以谢之。

贺无锡锡剧院新排《孟丽君》首场演出圆满成功

七夕佳期闻佳音，吴韵兰章动客魂。
梅派传人承绝响，余音绕梁声遏云。
眼波流转千年事，水袖翻飞百劫身。
红妆巧扮藏风骨，褪尽铅华见本真。

贺无锡戏迷协会赴上海参加"百姓舞台"摄制专场演出圆满成功

其 一

百姓舞台耀新辉，吴语锡韵彩袖飞。
霓虹幕启星河转，檀板声随玉笛催。

其 二

吴韵乘风过浦隈，太湖黄浦共光辉。
水袖抛成云外月，罗衫舞作雪中梅。

注：无锡市戏迷协会在会长李桂英带领下，于六月二十五日至二十六日赴上海电视台为"百姓舞台"栏目录制锡剧专场节目，获得圆满成功，受到各界高度评价。这是继组织锡剧十八流派名家专场演出活动之后，李桂英组织的又一次锡剧大型演出活动，留下了珍贵的影像资料，是她为宣传和发展锡剧艺术作出的又一贡献。

悼汪韵芝

韵芝不幸驾鹤去，一曲霓裳散作萍。
九浒横山梅花落，天心台上哭名伶。

看无锡戏迷协会演员排戏

其 一

顾盼生辉眼含光，声穿秋嶂曲绕梁。
台上身轻如飞燕，婀娜多姿水袖长。

其 二

一花引来百花欣，万紫千红满银屏。
吴语锡韵令人醉，最喜戏迷浅浅音。

注：十月十八日下午应无锡戏迷协会会长李桂英邀请，与友人赴无锡观看戏迷彩排节目，特赋小诗一首以记之。

听梅兰珍清唱《鉴湖女侠》

鉴水寒光凝碧血，轩亭遗响振金声。
梨园别有风云气，不唱桃花唱剑鸣。

注：感谢秋月在微信上分享此曲，有幸再次聆听大师宛如天籁般的演唱，不禁如痴如醉，百感交集。

贺锡剧表演艺术家李桂英喜收新徒

其 一

花开木樨，
桂英出自长寿地。
典雅清丽，
梨园奇女子。
君来梁溪，
锡苑频笑语。
师徒情，
天籁新声，
再传梅韵味。

其 二

锡坛百花竞放，
名家新秀满堂。
十八流派传承忙，
水袖收云岁月藏。

红花一曲惊艳，
珠塔更放光芒。
梅韵锡音遍四方，
后浪赶超前浪。

秋日携戏友游溧阳竹海

无边竹海万顷浪，湖水穿行青峦间。
雄鸡啼醒三省地，峰高岭峻第一山。
乘索道，坐竹筏，
万里东来驰浪还。
天目绵延千峰立，友情更比翠竹长。

京口访友

未至江州一号轮，已闻抑扬顿挫声。
几番金陵访尊师，数度梨园觅传人。
沈派名传锡音重，香君脉承莺语盈。
百里驱车到京口，为访挚友听锡音。

致香君戏迷群

几缕香韵誉江州，万千君迷到戏楼。
一曲天籁绕金山，八方佳友奔京口。
宾客相约为侬至，举杯与友频相酬。
南徐情重风光美，锡韵悠长酒更稠。

记南京溧阳文友联谊会

重访金陵故地，
恰似同学少年。
弦声未启歌已满，
听取掌声一片。

总道客随主便，
此番主为客引。
深情厚谊曲未阑，
他日老调新弹。

注：十月十二日应南京文友联谊活动会陈忠民先生邀请，溧阳文友十余人赴宁参加交流联谊活动，作诗以记之、谢之。

贺李桂英应邀赴陕西卫视演出成功

曾经数度上春晚，为贺国庆赴长安。

莺歌声动荧屏上，凤藻光流氍毹间。

参加读书会有感

相府门前读书台，一缕书香起春雷。

当年小岛读书友，今日文渊阁中来。

宏论新声惊四座，佳作恒传德与美。

犹如一轮中江月，乡邑团城耀清辉。

注：应师大校友王小锡邀约，二〇一七年六月十七日至溧阳文教书店读书台参加"道德与文学创作学术研讨会"，赋诗一首以记之。

孟母缝衣诗

天暗北风号，白雪盖蓬茅。

耿耿夜不寐，慈母起中宵。

手持针和线，为儿缝衣袄。

心遭针儿扎，泪随线儿抛。

无钱买绫罗，只因忒潦倒。

游子将远游，缝衣赶通宵。

手中征衣补，灯下银针挑。

腰酸眼昏花，冷暖娘心焦。

意恐迟迟归，娘心总煎熬。

窗外天地寒，室内春晖照。

访师钱惠荣

又至惠山沐师恩，重温珠塔提携情。

当年梨园笔耕勤，如今鲐背病缠身。

耳语手势教诲殷，转身难止热泪盈。

心中默祝翁千寿，润物无声永传承。

注：二〇二〇年五月九日携吴啸东至无锡惠山访师钱惠荣，因疫情阻隔，数月不见，恩师已病重难支，令人心如刀绞，不觉潸然泪落！

冬日咏雪

万里江山一色明，琼花玉树竞晶莹。
荔兰挺芽破土出，百姓纷纷腌菜勤。
寒侵瘦骨梅偏傲，冷逼幽窗竹自清。
冬日进补切莫停，沽酒相邀雪与卿。

贺岁诗

孟春初来到，正月瑞雪飘。
千门瞳瞳日，万户福气高。

咏杨梅

江南五月绛云堆，万树珊瑚带露垂。
赤玉盘中凝宿雨，丹砂枝上缀红绯。

咏 醋

油盐酱醋茶，唯君五味杂。
少饮齿留香，多喝酸心肠。

芒 种

芒种早出门，只为稻粱谋。
田家惜晷刻，星斗转西流。

窗外黄瓜挂满藤

立夏刚消去，小满悄来临。
园中百花开，墙角瓜满藤。

重回南师有感

弹指一别四十载，往日校园今重回。
几窗繁星无旧影，一点情思萦心怀。
随园春月昨夜好，鬓白犹寻问字台。
笃学敏行知有道，正德厚生传万代。

迎春灯会

燕湖灯会在良辰，宋城彻夜灯火明。
火树摇落星似雨，遍洒清辉月如银。
十里花灯人潮涌，万户千巷总不空。
出门双燕比翼飞，归时难觅伊人影。

除夕守岁

应知今夜君在家，
庭院空地放烟花。
娇儿女，绕膝下，
碧玉杯，手中拿。
喜滋滋财神不肯走，
兴冲冲好运齐降下，
乐陶陶守岁兴致佳。

山居迎春

山村农家鹅鸭肥，大林禅寺半掩扉。
芳茂山中竹林翠，金鸡报晓响春雷。

夜 饮

昨日留客待鸡豚，今宵苑中独自斟。
四顾不见旧时友，眼前无有心上人。
酒无知己杯仍频，茶沏新茗炉火温。
独饮独品不知时，推窗方知月西沉。

观汤洪泉水墨画作有感

万峰似浪聚一堆，云山烟树各依偎。
湿笔漫皴鸿雁影，枯毫轻点荻花飞。

注：汤洪泉，中国美术家协会会员，著名山水画家，江苏理工学院教授，刘海粟
书画院院长。

寻 春

胜日佳景寻不得，严冬寒枝凝霜雪。
往昔楼前花似锦，如今园中鸟飞绝。
韶华如云去无踪，流年似水埋断碣。
冻笔难书春讯息，孤灯空候月圆缺。

胡杨颂

扎根大漠立苍天，饮尽黄沙志自坚。
长空似鹰振云路，沙海腾龙波涛翻。
千年寂寞成孤影，万里荒凉作故园。
铁骨铮铮迎暴雪，虬枝飒飒战狂烟。

醉　翁

古法酿美酒，醇厚百年香。
昨日饮琼浆，斗酒恣意酣。
白发花甲翁，孙辈骑背上。
黄花插满头，作马桌下爬。
醒来将孙抱，道是吴楚缘。

西太湖观花展

万国花展西太湖，百媚千娇群芳妒。
眼前五洲四海客，明日花落知何处?

何日回家

其 一

自古贫贱不返乡，何日回家看爹娘。
世人皆夸衣锦绣，从来笑贫不笑娼。
他日功成效吕相，辞别寒窑迎娇娘。
我闻此言颇感叹，谁知游子心中伤。

其 二

古有项羽进咸阳，煊赫一时回故乡。
城头不竖大王旗，百年基业毁一旦。

注：项羽攻取咸阳城，杀了秦王子婴，获得金银财宝无数，不思称帝，却以衣锦还乡为荣，错失开国称帝良机，后被刘邦取而代之。

重阳感怀

又到重阳九月九，两鬓添霜莫悲秋。
雁字书空人字远，菊花含笑插满头。

咏 菊

百花凋零我自开，何惧风刀霜剑来。
宁可枝头抱香死，不随青帝移春栽。

贺《苏华报》创刊

中江潮起追春风，征途艰辛乐无穷。
单骑绝尘看古邑，万马紧随小康同。
云裳霓衣舞碧空，濑水旧貌换新容。
吴地文承千秋脉，字挟风雷气贯虹。